緋彈的亞莉亞

Aria the Scarlet Ammo

Reloaded Cast off Table

赤松中學

1彈　賢者的爆發模式

「呀哈哈！欽欽、亞莉亞，出局！狩獵技巧太差了啦！」

理子像在打水一樣，上下擺動著她那穿有櫻桃裝飾襪子的雙腳。

而被坐在沙發上的她用那雙腳踢著背部的我，就跟ＰＳＰ畫面中的太刀獵人一樣，擺出垂頭喪氣的姿勢。

我們正在透過無線網路通信玩著「魔獸獵人」——通稱「魔獵」的遊戲。然而……

「我們怎麼可能贏得過玩了整整八百小時的妳啦！再說，不穿鎧甲未免太強人所難了吧！」

正如露出凶狠犬齒的雙劍亞莉亞所言，我們都被理子強迫接受「用不穿防具的遊戲人物挑戰巨大魔獸」這種規定。

然後，若自己的人物三死——也就是死了三次的話，就算出局。

「……」

而現在，只有蹲坐在冷氣下方默默操縱遊戲機的重砲蕾姬，以及銃槍理子生存下來而已。

一臉不悅的我與亞莉亞繳了罰金一百元給那兩位勝利者之後……

「小金~就算現在是暑假，也不可以一直在玩遊戲啦……」

白雪淚眼汪汪地在我身邊跪坐下來。

順道一提，因為白雪沒有買魔獵的關係，所以今天有種被排擠在外的感覺。

「這也沒辦法啊，外面那麼熱，讓人一點都不想出門。還有，不要抓我的袖子，會害我按到奇怪的按鈕啦。」

「可是、可是……！」

「——我說呀，小雪，遊戲對於武偵來說，是非常好的東西喲。」

從剛才就場場生還，根本連一次都沒死的理子對白雪說道。

「尤其是對戰遊戲，可以培養一個人的勝負直覺呢。因為必須要透過觀察對手臉色，預測對方的手法，或是思考各種戰略呀。呵呵呵~」

「是那樣嗎？小金？」

「呃……這麼說來，偵探科也很鼓勵這樣的方式啦。不過我記得，那是指撲克牌或麻將這類的桌上遊戲啊。」

「那我們就改玩那些遊戲嘛，小金。我也想要跟小金玩遊戲呀。」

「所以我就叫妳不要抓我的袖子……啊！這下不是害我白喝了一罐強力回復藥水了嗎！」

就在我用力擺脫著不斷糾纏我的白雪時……

頭上「！」地冒出一顆電燈泡的理子，忽然放下手上的PSP，抬起頭來。

「——在此公告，魔獸獵人結束啦！大家一起來玩桌上遊戲吧！」

這傢伙又來了……

每次都會因為自己的心血來潮，搞得周圍的人團團轉……

「理子的宿舍正好有一間遊戲房呢！我們就用**脫裝桌遊**（Cast Off Table）來舉辦一場最優秀的武偵——也就是武偵No.1的決定戰吧！」

「最優秀的武偵……？」

白雪的雙眼頓時發亮。

「——也就是說，要透過桌上遊戲，來決定誰才是最優秀、最能貢獻小金的人對吧！我接受挑戰！」

倏然站起的白雪腦袋中，似乎又靠所謂的「白雪方程式」引導出莫名其妙的解釋方式了。

她大概是因為總算可以跟我一起玩遊戲的關係，顯得幹勁十足。

而輸家——亞莉亞也說著「畢竟玩這遊戲也沒勝算，那就換一個吧」，而表示肯定。

理子笑著對蕾姬說「蕾Q也來吧！」，而蕾姬也面無表情地點頭回應了。

「——說到底，那個『Cast Off Table』到底是什麼啊？」

……對於我的提問，那群開始爭吵著「自己才是武偵No.1」的女生們完全當作是耳邊風……

於是，我們就在還搞不清楚要玩什麼遊戲的狀況下，約好明天下午到位於女生宿舍的理子房間集合了。

「大家都要穿制服來集合喔！欽欽不要穿外套，只穿襯衫來就好，還有，不要繫領帶喔！」

對於理子小姐如此興奮地說出來的臺詞——

我這次又有一種不好的預感啦。

而這次，我不好的預感又成真了。

當天晚上我上網一查，才知道所謂的脫裝桌遊就是——

『進行各種桌上遊戲，輸的人要脫掉一件衣服。』

簡單來講，不就是脫衣遊戲了嗎……！

要我在女生面前脫衣服，我當然不願意；而且要是讓我看到女生上演脫衣秀，我肯定百分之一千會進入爆發模式啊。

更何況到時候我周圍會有多名女孩子，萬一真的爆發了……套句理子的遊戲風格講法，搞不好就會變成所謂的「後宮結局」啦。

當場的狀況先姑且不提，但到了事後，我就會被迫聽到槍擊、斬擊、爆擊與狙擊的四重奏了。

那樣一來，我的人生也要結局啦。

——我還真想要現在馬上逃到宗谷岬（註1）去啊——

但是理子卻寄了一封郵件，說「要是有逃兵，我會追到天涯海角，處以巨大桶裝炸彈之刑！」所以就算我逃跑了，也是死亡結局一條。

於是我只好用緊急電話聯絡亞莉亞、白雪與蕾姬，可是她們的回應卻是『我會全勝，一件衣服都不會脫啦。』『如果是小金的話……我被看到也沒關係呦……呀～』『……』，完全只是浪費了我的時間而已。

接著我又趕緊打了一通抗議電話給理子，結果……

『比起那種事情，現在五個人在人數上很難分配呀。我們再叫三個人來吧！就叫貞德、裝備科的文文、還有……呃……欽欽再帶一個人過來！』

——到最後根本就是火上加油了。

（亞莉亞、白雪、理子、蕾姬，再加上貞德與平賀同學……嗎……！）

註1　位於北海道，為日本最北端之地。

雖然大家在方向性上不太一樣——

可是這些全都是美女，或是可愛的女孩子啊！

危險。

太危險了。

對於抱有「爆發模式」這種疾病的我來說，這行為簡直是像全身脫光闖入槍林彈雨的戰場中啊。

（該怎麼辦、該怎麼辦、該怎麼辦啊，金次……！）

就在我絞盡腦汁，想得頭髮都要發白之後——

我終於想到了一個**祕技**。

（……『賢者爆發』……！）

那是大哥過去如此命名的——遠山家流傳的祕中祕技。

我想那恐怕就是爆發模式的衍伸系列之一吧。

遠山家的男人只要進入了賢者爆發模式的狀態，就會在一段時間內**不會性亢奮**。

不過取而代之的，會變得渾身無力、毫無攻擊能力。

換言之，就是個毫無用處的招式——大哥是這麼說的。可是……

其實是有用處的啊——就在現在這種極為特殊的條件之下。

雖然我以前在祖父家專研書卷的時候還不能理解，不過現在成為高中生之後，我多少──真的只是「多少」──也稍微搞懂使用的方法了。

如果冷靜想想的話，要使用這一招就一定要經歷過一次爆發模式，而且會因為自我厭惡的感受而甚至想舉槍自殺──但是現在也管不了那麼多了。

那總比被女生們集中砲火攻擊而死來得好吧。

根據我的推測，賢者爆發應該頂多只能維持五十分鐘左右而已。

五十分鐘過後，身體就會恢復到能夠進入普通爆發模式的狀態。

也就是說，我必須要在不會性亢奮的這五十分鐘內，把全部的人打敗，讓遊戲結束才行。

為了讓遊戲能早點分出勝負──隔天早上，我另外又準備了一項對策。

也就是安插一名作弊用的樁腳。

於是我打了一通電話，給諜報科一年級的風魔陽菜。

『──師父，你找在下嗎？』

這位講話語氣像忍者的怪人──風魔，據說真的是忍者的後裔。

過去因為發生過一些事情，讓她對我抱有異常的忠誠心。是個奇特的學妹。

雖然我對於她用「師父」這種莫名其妙的叫法稱呼我的事情感到很「那個」……

不過我現在就仗勢著師父的身分，讓她協助我吧。

「──風魔，妳今天有空嗎？一定有空吧？那就來陪我一下吧。」

『遵、遵命。』

「今天我就特別來訓練妳一下。這是修行，妳最喜歡的修行啊。」

『您是說真的嗎！』

風魔發出開心的聲音，很快就被我釣上鉤了。

畢竟只要跟風魔說是修行，不管是跑腿還是洗衣服，她什麼事都願意做啊。

「話說……我看到最近的妳，感覺實在是膽量不足。」

『膽量……？啊……真是無從反駁是也。』

「所以說，我就來訓練妳的膽量。話說在前頭，妳可別說我在性騷擾啊。」

『？？？』

「因為沒什麼時間，我就開門見山地說了……就是、呃……這個修行的內容，很有可能要包含脫衣服的行為在內。怎麼樣？妳辦得到嗎？」

『脫、脫衣！在、在、在師父的面前嗎……！難道說、是、是所謂的「房中術」……！』

風魔嘴上說出莫名其妙的詞彙，「哇、哇哇哇」地吞吞吐吐了一段時間後——

『——遵命！既然是與師父的修行，無論任何行為在下都會接受是也！』

……意外接受得很乾脆嘛。

雖然她這麼率直的態度讓我稍微感到有些罪惡感，不過我的狀況可是攸關性命啊。

所以我就不客氣了，讓她好好協助我吧。

——後來，我為了事先套招而把風魔叫出來，卻發現她不知道為什麼竟然洗過澡，而且全身還不斷僵硬顫抖著，讓她本人所謂「丁髷」的馬尾隨著身體顫動——

然而當我向她說明完脫裝桌遊的事情後，她就忽然露出看似放心又沮喪的表情……

「能夠幫上師父的忙，在下萬分榮幸是也！」

又恢復平時的風魔，對我單膝下跪了。

——好。出發吧。

去挑戰對我而言必須拚上性命的遊戲——脫裝桌遊。

真的進入之後我才知道……

所謂的「賢者爆發」，似乎真的是很不方便的模式。

雖然在心理上是可以很冷靜，但肉體上卻有一種虛脫感，感官也會比平常來得遲頓。

這確實就像我老家的書卷所寫，是個在戰鬥上完全派不上用場的招式啊。

另外，我在女生宿舍樓下跟身穿水手服的風魔會合後才發現——

變成賢者的我，似乎對女性會變得毫無興趣，擺出冷漠又冷淡的態度。

哎呀，平常的我在這一點上也是一樣啦，所以應該不會被人起疑才對。

「啊！欽欽來啦來啦———！歡迎！」

在興奮狀態的理子招待下進入的房間，一如往常地掛滿了甜美蘿莉服裝與角色扮演服裝。看起來簡直就像唐吉軻德商店一樣。

「……快點開始吧。」

我只丟下這句話，就穿過理子身邊，一屁股坐到床上……

很好。

對於身穿武偵高中夏季制服而集合在房間裡的亞莉亞、白雪、蕾姬、貞德與平賀同學們，我絲毫不會感到在意，可以很冷酷地無視於她們的存在。

原來如此，這就是被稱為「賢者」的由來啊。

但是，從我進入這個模式之後，已經過了五分鐘，剩下四十五分鐘而已了。

我必須要在這段時間內分出勝負才行。

「呃～在貞德的提議下，我們要請唯一的男生——欽欽裝備一種特殊眼罩喔。文文，把東西交給他吧！」

「好的啦！這是文文昨天做出來的啦！」

裝備科的天才兒童——平賀文如此說著，並且用她小小的手交給我的東西是……

……夜視鏡……？之類的機械。

「這是啥？」

「就是只會辨識出女生的身體，並自動模糊化的『透光眼罩』的啦！在場的大家也評價很好的啦！」

正如一臉得意地挺起平坦水手服胸部的平賀同學所說——

當我戴上那東西，並且打開電源後，我就變得只看得到女生們的臉跟手部。

至於肉體的部分，就好像深夜動畫播到性感畫面時一樣，都被亮光遮住了。

不過我還是看得到桌面，還有我自己的手，所以也不會造成我看不見手上的牌或是骰子之類的狀況。

這真是太感激了。

賢者爆發、椿腳風魔，再加上透光眼罩。

只要有了這些，我應該就可以確實在這場脫裝桌遊中生還下來了吧。

更何況，只要有了這個眼罩，我也就不需要在意賢者爆發的限制時間了。

剩下的風險就是我自己會被迫脫掉衣服，不過這也不需要擔心會爆發。畢竟我跟爆發模式的初代使用者——遠山金四郎不一樣，不是什麼暴露狂啊。

話雖如此，但即使是身為男生的我，也不會願意在別人面前脫光光的。

——所以不好意思啦，就讓我贏得最後的勝利吧。

畢竟現在的我，對女生們可是很冷淡的。

各位，要做好覺悟喔？

理子是一個人住在三人用的宿舍房間，而空出來的兩間房間分別被她拿來當作遊戲房跟漫畫房了。

在那間遊戲房中，蒐集了古今中外各式各樣的遊戲。

有撲克牌、骰子遊戲、花札、將棋、黑白棋與飛鏢……甚至連撞球檯都有。

這傢伙真的是在玩樂的事情上毫不吝嗇金錢跟時間呢。

「那麼，我們首先就來分隊吧！請大家兩人一組，分成四個小隊！」

理子說著，讓大家抽籤之後──

最後就分成亞莉亞．貞德的洋風組、白雪．風魔的和風組、理子．平賀同學的小不點組以及蕾姬．我的多餘人數組了。

根據理子的說法，一開始會以這樣的分隊，讓小隊中的兩個人互相合作進行遊戲的樣子。

「──首先，第一個遊戲就是這個！」

理子將一塊桌巾掀開後──出現的是一張很高級的麻將桌。

簡單講，就是「脫衣麻將」對吧？

真是王道啊。

所謂的麻將……就是由四名玩家依序從排列在桌上的麻將牌中抽牌並丟牌，能夠最早讓手上的牌組湊成所謂的「役牌」就可以獲勝的遊戲。

用撲克牌來比喻的話，就很像是換牌梭哈了。畢竟那也要抽牌丟牌，也有像順子或同花之類的牌型啊。

而關於所謂的「役牌」，麻將上主要是將有關聯性的牌湊成三張、三張、三張、三張、兩張的組合，才能成立。

因此玩起來會比梭哈來得複雜，需要考驗玩家更高的戰略性。

「我是有用手機遊戲玩過，所以知道啦……可是妳們知道規則嗎？」

唯獨一個人戴著眼罩、看起來就像可疑分子的我，對周圍的人如此詢問。

結果讓人感到驚訝的是，幾乎所有人都知道麻將規則的樣子，

完全不清楚的只有貞德而已。而因為之前理子曾經想在我的房間玩麻將的關係，所以亞莉亞跟蕾姬似乎都知道最基本的規則。

而且理子後來好像還有推薦亞莉亞看過一套女高中生們打麻將的漫畫。

「放心吧，貞德。我讀過那套漫畫之後，已經對麻將很精通了呢。」

……我斜眼看著對自己的隊友貞德如此誇下海口的亞莉亞……

接著轉身背對單純只知道規則而已的蕾姬，坐到麻將桌邊了。

「另外，同隊隊員之間可以進行商量！至於詳細的規則，就寫在這本筆記本上

喔！」

唰！

理子亮出一本畫有凱蒂貓的筆記本。

於是我讀了一下那本標題為「脫裝桌遊・規～則書☆」的筆記本當中的「麻將之章」——

看來是很常見的規則，並沒有什麼奇怪的地方規則。

簡單講，就是很普通的日本式麻將。

（我想凱蒂貓應該也萬萬沒有想到，畫有自己的筆記本會被拿來當作麻將規則書吧。）

我腦中想著這樣的事，並繼續往下讀，就發現了有一項必須注意的規則。

——『沒有聽牌下造成流局的時候，小隊選手交棒』——

（小隊選手交棒、是嗎……）

我的隊友是初學者中的初學者，蕾姬。

想要讓女生們全滅的話，我也必須要讓蕾姬脫掉衣服才行。然而，現在就讓她馬上出局我也很困擾。

雖然我不知道這種小隊制的規則會持續到什麼時候，不過畢竟兩人合作會比較有利的遊戲是多得不勝枚舉啊。

因此我現在應該還是要盡量努力，保護好蕾姬吧。

就在大家傳閱著那本規則書的時候……

「直接放槍的人要脫掉一件衣服！滿貫兩件、跳滿倍滿就是三件跟四件！有人自摸的話，無論牌型的臺數高低，自摸以外的人全部都要脫掉一件喔！」

理子很有精神地說明著脫衣規則。

「每個人身上的衣服就是制服的蝴蝶結、襪子×二、上衣加裙子，總共五件！看在武士的情面上，最後只剩下內衣就算出局了！然後，只要有一個人出局，麻將就結束！得分最高的人可以獲得決定下一場遊戲內容的權利！就這樣，大家加油吧～！」

順道一提，身為男生的我身上是穿著襯衫、汗衫、褲子與襪子×二。

也就是跟女生們一樣，有五件衣服當籌碼的意思了。

首先，是丟骰子決定莊家——

「我當莊。」

亞莉亞如此說著，並坐到東家的座位上。接著依序是白雪、理子跟我分別坐到南、西、北的位子。

只要沒有因為無聽牌流局造成選手交棒，最後就是這四位當中有人會被脫到只剩內衣了。

「──快點開始吧。打麻將講究的是節奏啊。」

我這麼說著，確認了一下手上的牌──

怎麼會這樣……

不管是牌的種類還是數字，都亂得可以。

（該死……這配牌簡直讓人想哭啊……）

從這樣的手牌要湊成役牌可是很困難的。

真不愧是公認運氣差勁的我呢。

我假裝在整理手上的牌，並且立刻對站在白雪身後的風魔送出求救訊號──

於是風魔便一邊在白雪耳邊對她講悄悄話，一邊摸著自己的馬尾……利用手指的形狀，對我回應訊號。

──『在下自有妙計』……是嗎？

唔……畢竟從我的手牌上看來應該是沒轍了，我就來見識一下她所謂的妙計吧。

「那就開始囉。」

「嗯，請手下留情。」

「唔唔～！ＯＫ！」

「放馬過來。」

一臉奸笑的亞莉亞、露出溫和微笑的白雪、雙手敬禮的理子以及戴著眼罩的我，

「咚、咚、咚……」地開始抽換牌……

當中最引人注目的，是用凜然的動作抓起麻將牌的白雪。

無論是手的動作還是眼神，都很有架勢。

簡直就像職業女麻將選手一樣，超帥氣的。

「白、白雪……妳是不是、玩得很習慣啊……？」

「啊、嗯，因為我在星伽家的時候，經常會跟妹妹們較量牌技呀。」

白雪有點羞澀地如此回答我。

……星伽家到底是在搞什麼啊？那麼閒嗎？

就在我丟出九索的時候——忽然想到了一件事情。

「這麼說來，白雪，妳不是有超能力嗎？那樣是不是可以召喚運氣之類的啊？」

「要召喚是沒辦法啦，不過我可以看到運的流向。」

「這樣啊，只是可以看到而已……喂！等等！那根本就是犯規了吧？」

對於自己說傻話自己吐槽的我，理子代替白雪搖了搖頭，讓她頭上綁在兩側的馬尾也跟著搖晃。

「武偵的勝負是不講究手段的，當然，要耍老千也是沒問題的囉。不過，只要在遊戲進行中被抓包的話，就要當場全裸！連內褲也要脫掉！」

面對理子的恐嚇，在場沒有一個人回問她「耍老千也沒問題？」之類的疑問。

——這就是武偵恐怖的地方。

跟那些即使是表面功夫也必須要維持正義形象的警察或自衛隊軍官不一樣，武偵是所謂的「萬事便利屋」，只要接到任務，為了勝利就要比較不擇手段了。

因此，遇到勝負比賽，不管做什麼都可以被原諒。

這是一種不成文的規矩。

「我才不會耍老千呢！」

亞莉亞說著，用力丟出來的牌——是三筒。

這傢伙居然一下子就給我丟出加分牌了。而且白雪明明才剛丟出二筒。

很明顯不按牌理出牌，根本就是危險牌啊。

然而——白雪只是稍微瞄了亞莉亞一眼，並沒有動作。亞莉亞的牌竟然安全過關了。

……嘩……

就在現場稍微開始騷動起來的時候——亞莉亞得意地挺出她的偽裝胸部。

「賭場上才不需要什麼保險手段，我的原則就是自己不要的牌一定會全部丟出去。我丟的牌絕對不會是別人在等的牌，就是這樣堅強的自信，才能召喚運氣呀！」

還真是像亞莉亞小姐會說的話啊……

玩這種遊戲，真的可以看出一個人的個性呢。

（不過——那種原則，怎麼想都會輸啊。）

或許是因為跟我有同樣的想法，白雪與理子都露出不懷好意的笑臉——使了一個「有肥羊上門啦」的眼色。

白雪接著跟她的隊友風魔竊竊私語了一下。

「——立直啦！」

不、不妙。

就在我的注意力被白雪與理子引走的瞬間，亞莉亞丟出立直棒了。

手腳真快啊，亞莉亞。就跟她要強襲敵人的時候一樣。

……所謂的「立直」，是日常生活中也會用到的一種麻將用語。

會這樣叫的意思就是，只要亞莉亞再抽到一張自己需要的牌——或是有人丟出來，被亞莉亞拿到的話，就算亞莉亞勝利了。

「這張牌我一樣可以安全過關。因為我在剛開始的幾局都很強——呀！」

啪！

亞莉亞說著，丟出來的牌，是六萬。這張牌也很像是白雪正在等的危險牌。

然而，白雪別說是胡牌了，連吃牌都沒吃。完全沒有任何動作。

（還真行啊，亞莉亞……）

她的強運確實很了不起。

感覺就像即使穿越正在進行槍戰的現場，也不會被子彈擊中一樣。

「……這張牌、應該沒問題吧……？」

對亞莉亞丟出的牌無動於衷的白雪，戰戰兢兢地丟出九索後……

「胡啦！開洞胡牌！」

喀！

亞莉亞現出了手上的牌。

萬子一～三、五～七、筒子六～八、索子七跟八、加上西、西。

手牌三張、三張、三張，湊上白雪丟出來的牌又再三張——數字連續的三張牌湊齊四組，最後加上寫了「西」的牌兩張。

——確實是胡牌了。

這是一種叫「平和」——名稱上跟亞莉亞本人最不相稱的牌型。

這牌型確實是可以成立的。

順道一提，亞莉亞剛才宣言的「胡」，是代表對手丟出來的牌可以讓自己的牌型完成的意思。

在這個情況下——就是丟出那張牌的白雪一個人輸了。

「……啊啊……」

丟出在我看來也是很危險的九索的白雪，搖曳著她的黑長髮，垂下頭——

「在、在小金面前……這樣……真是害羞呢……而且大家都在看……」

將她白皙的雙手放到夏季制服的蝴蝶結上。

接著，有點臉紅地不斷翻起眼珠，瞄向我方向……沙、沙沙……

輕輕地，把蝴蝶結左右解開了。

（……嗚……！）

女孩子意識著我的存在，害羞地解開自己的蝴蝶結——

光是這樣的情境，對平常的我來說就充滿危險性了。

這根本就是讓人不禁會想像**接下來的行為**的一種動作啊。

不過，現在還很安全。

多虧透光眼罩的關係，白雪的身體看起來是模糊一片。而且因為少了蝴蝶結的關係，胸部的立體感也變得不清楚了。或許這樣還比較好。

（話說回來，麻將老鳥的白雪居然輸了啊……）

老手一下子就輸給了新手。

這就是所謂亞莉亞的新手運吧？

哎呀，這在麻將桌上是很常見的情景之一啦。

『這下怎麼辦？要專攻白雪嗎？』

我對風魔如此打暗號後——

『不必。在下自有妙計。』

她又這樣回覆我了。

我因為想要盡可能減少延長的局數，所以打算一口氣打敗已經輸掉一場的白雪……不過跟白雪組成一隊的風魔似乎別有自信的樣子。

那我就賭賭看她的那份自信吧。

……喀啦喀啦喀啦……

就在牌桌上的四個人正在洗牌的時候——

「——真厲害呢，亞莉亞。居然可以立直一發。」

白雪忽然如此呢喃了一句。

接著，維持她溫和的表情，「呵呵呵呵」地發出恐怖的笑聲。

……這、在搞什麼？那笑臉超可怕的啊。

只有臉上的肌肉在笑而已。

「沒錯，白雪。賭博講究的是膽量。妳要挺起胸膛，更勇敢打牌呀。」

相對地，明明是新手的亞莉亞則是表現得一副很了不起的樣子。

剛才的勝利讓她得意起來了啊。

明明自己就沒有胸部，還叫別人要挺起胸膛。真是得意忘形了。

「我知道了。」

白雪臉上掛著像面具一樣的笑容，回應了亞莉亞之後——

——第二局開始了。

大家各自看著自己手上的牌，一邊思考對策一邊整理牌型。

……？

風魔看到白雪的牌……露出「哇哇哇」的驚訝表情。

（怎麼回事……？）

搞什麼？

難道白雪拿到的牌，出乎預料地差嗎？

「這牌感覺不錯呢。那我要上了喔！」

看著自己的牌露出笑臉的亞莉亞，很爽快地丟出一張牌……

「——胡。是人和呢。」

喀。

白雪突然就胡牌了。

嗚哇！

在場的所有人都發出驚訝的聲音。

白雪翻開理子的那本規則書，指了一下內容——

「真是可惜呢，亞莉亞。規定上可以接受人和喔。不過好像只算跳滿而已，真是太好了對吧？」

露出爽朗的笑容，對亞莉亞如此說著。

我看了一下白雪的牌……正如她本人的名字一樣，有三張像雪一樣白的白板……

另外還湊齊了其他的牌……確實是胡了！

——換句話說，這是「人和」。

輪完一圈之前就胡牌，是一種需要像鬼一樣超強運氣的牌型。

話說，我還是第一次見到這種狀況啊。

「嗚哇～！亞莉亞，跳滿要脫三件呢！妳要脫掉哪些呀～？」

被用力拍著手的理子如此起鬨的亞莉亞——

「這……這只是偶然啦！只是湊巧而已啦！白雪！等一下就換我攻擊妳！」

嘴上說著不服輸的臺詞，粗魯地解開胸前的蝴蝶結——

沙沙！沙沙……咻咻咻！啪！

接著脫掉左右兩隻黑色的膝上襪，用力丟到我這邊來了。

像是在出氣洩憤一樣，膝上襪就這樣丟到我臉上。

在搞什麼啊！超髒的。

哎呀……不過她那種脫法一點都不性感，對我來說是安心度很高啦。

「——我看得見喔，亞莉亞。妳的背後有一團黑氣呢。」

白雪「喀啦喀啦」地洗著牌，同時用教人毛骨悚然的語氣說著這種莫名其妙的話——

「？」

於是亞莉亞趕緊確認自己的背後。不過當然，根本就沒有什麼黑氣。

白雪剛才那句話，大概是指她所謂可以看得見的「運」吧？

「麻將是一種很容易看得見風水、龍脈、運氣流向之類東西的遊戲，所以在星伽家也會拿來訓練占卜近期未來呢。我已經可以看得見運氣的流向了。呵呵……接下來應該會換成理子贏了喔。」

正如白雪的預言，到了第三局——

「亞莉亞，那張牌我胡啦！斷么九！呀哈哈哈！」

喀啦。

才輪完幾圈，理子就胡牌了。

而放槍的人，又是亞莉亞。

「騙人！太快了吧！」

亞莉亞忍不住驚訝地睜大她紅紫色的雙眼。

畢竟她本來丟牌的方式就已經很亂來了，一開始的勝利又讓她喪失了警戒心。

就算看在幾乎等同於新手的我眼中，她的打牌方式也是輸得理所當然啊。

——相對地，

「哎呀～亞莉亞，妳已經沒有退路了呢。」

如此說著的白雪，這次打的牌就一點破綻都沒有了。

跟剛才輸給亞莉亞時的她完全不同，防禦得非常徹底啊。

而且……總覺得她好像一直會丟出理子想要的牌呢。

這點絕不是新手能夠做出來的事情，根本是高手的招式。

（第一局的白雪……是「故意輸」的啊。）

看來這就是風魔所謂的妙計了。

這是在賭場上很常見的手法。

讓初學者一開始先稍微贏一下，等到對方得意忘形、露出破綻之後，就徹底當成肥羊來宰殺。

而風魔與白雪盯上的目標，似乎就是亞莉亞了。

白雪這個人……雖然平常總是像大和撫子般端莊客氣，但遇到這種時候就絕不會讓獵物逃掉。

簡直就像捕捉到蝴蝶的女郎蜘蛛一樣，超恐怖的。

「亞莉亞～！上衣跟裙子，妳要脫那一件呀？D・V・D！D・V・D！」

就在理子莫名其妙地大聲嚷嚷的時候——

「……嗚……！」

亞莉亞發出像小獅子被長槍刺到似的聲音，看了我一眼後——

唰……唰……

唰唰唰唰唰唰……！

臉蛋就像字牌裡的「紅中」一樣，變得越來越紅了。

「金次！你絕對不可以脫掉那個喔！」

她接著拔出手槍，指著我臉上的眼罩如此說著。

然後就在桌子下解開裙子的扣子——沙、沙沙。

脫……脫掉了。

她脫掉制服的裙子了。

「哦哦～亞莉亞！是小孩子內褲呢！」

「吵死了！我下一個就專攻妳！」

亞莉亞用裙子捶打著鑽到麻將桌下面的理子，完全已經腦袋充血了。

這……也難怪她會被盯上啦。

看來她就是只要輸過一次，接下來就會一路輸到底的類型啊。

真是看不下去了。

就讓我送妳最後一程吧。

我這麼想著，開始了第四局——

結果剛才的威勢也不知道跑哪去了，只剩一件衣服的亞莉亞徹底採取了防禦性的打牌方式，讓牌局遲遲無法分出勝負。

不斷咬牙切齒的亞莉亞，指尖一直在發抖。

這傢伙連「撲克臉」的「撲」字都做不到啊。

看她那表情，應該是遲遲難以胡牌而感到焦躁——也就是在等單張牌嗎？

這個「焦躁(Tenparu)」是日常生活中經常會用到的詞彙，不過其實由來就是「聽牌(Tenpai)」這個麻將用語。

所謂的聽牌，是指「再一張就能胡牌」的意思，是一種很讓人心跳加速的狀況。

還沒有湊到那種狀況的話，就稱為「沒聽」。而根據理子的規則書，要是流局——也就是沒有分出勝負下結束牌局——的話，沒聽的人就要跟自己的隊友交棒。

「——亞莉亞，交棒給我吧。妳就在沒聽牌下結束牌局。畢竟妳在衣服上已經被立直啦。」

「連麻將都不會的人，不要說那種好像很高竿的雙關語啦。給我在旁邊乖乖看著！」

面對難得出手相助的隊友貞德，亞莉亞也是一副帶有怒氣的模樣回應。

而或許是因為把目標過分鎖定在那樣的亞莉亞身上的關係——

糟糕，不太妙啊。

我手上的牌變得亂七八糟了。明明這一局都快結束了說。

於是，就這樣……

牌桌上沒有一個人湊成牌型，這一局就流局了。

「聽、聽牌啦！」

「明明妳早點掛掉會比較輕鬆的說。」

「嗚啊～流局了呀～我都已經聽牌了說～」

姑且不管看著亞莉亞說出恐怖臺詞的白雪，我的狀況則是——

「……沒聽。」

明明其他三個人都有聽牌，我卻在沒聽狀況下流局了。

也就是說，我必須要交棒給我的隊友才行。

於是我只好回過頭，看向我的隊友蕾姬……

「……」

她一如往常地像個假人一樣站在那裡。

沒有比這更教人擔心的啦。

我從座位上站起來，並且小聲對從來沒有打過麻將的蕾姬說道。

「蕾姬，剛才妳都有好好在看吧？」

「是。」

「那……妳多少了解該怎麼打了吧？」

「是。」

「總之想辦法別輸就好，知道了嗎？」

「是。」

蕾姬的回答就只有「是」而已。

而且她完全面無表情地坐到位子上……讓我感到極度不安啊。

要是那群麻將之鬼（白雪與理子）把目標轉移到蕾姬身上，讓我失去隊友的話——接下來我就會變得很不利了。

我這麼想著，於是跟風魔進行了一段『保護好蕾姬』『遵命』的暗號交談後……

「喂，蕾姬，我們來複習一下規則。隨便挑妳喜歡的就好，總之就是想辦法湊到類似的牌，然後湊成三張、三張、三張、三張、兩張的牌型就可以了。」

我雖然這麼說著，但心中還是打算在牌局中從背後對蕾姬發出指示。

……喀啦喀啦喀啦……

……在我心中感到不安的同時，桌上的牌被洗乾淨後……

女孩子們各自抓起自己的牌，排到自己面前。

好——命運的第五局要開始了。

應該要先做出動作的「莊家」，是蕾姬。

可是她卻一臉呆滯地看著眼前的虛空……

「那就這樣。」

喀啦。

忽然就把手上的牌攤開了。

「「「——什麼！天和！」」」

亞莉亞、白雪、理子同時把頭轉了過來。

「呃……！」

蕾姬……！

妳果然沒有搞清楚規則嘛！

我這麼想著，看了一下麻將桌上，結果……

畫有竹子模樣的索子二二二、四四四、六六六、八八八，加上發、發。

蕾姬手上的牌，是一整片美麗的綠色。

（啊，真的胡了……！）

這是……

綠、綠一色……！

蕾姬這傢伙，居然胡了一個人一輩子都不知道能不能見到一次的高難度牌型啊。

而且……

雖然白雪剛才的人和已經很誇張了，蕾姬這是天和。

就是莊家在配牌完後，牌型就已經湊齊的一種，機率只有三十三萬分之一的奇蹟牌啊。

「搞、搞什麼啊、這……！居然是天和綠一色四暗刻……！」

「……」

就算我這樣問蕾姬，她也依舊是默默不語地呆呆凝視著牌桌。

雖然這是連身為隊友的我都忍不住會懷疑「是耍老千嗎？」的狀況，但是既然都沒有人發現手法，就要算蕾姬贏了。畢竟這就是武偵的不成文規矩啊。

另外，因為蕾姬並沒有靠別人丟的牌胡牌，所以這要算是自摸。

只要有人自摸，不管分數高低，胡牌以外的人都要脫掉一件——遵從這條規則，理子解開了蝴蝶結，白雪脫掉了一腳的純白色襪子……

「火大呀！這是耍老千！詐騙！作弊呀！」

確定自己輸掉的瞬間，亞莉亞就舉起雙槍大鬧起來。結果女生們全數動員把她壓制住……咻！

從擠成一團的女孩子們中，亞莉亞的上衣飛了出來……

輕飄飄地落到正方形的麻將桌上。

——宛如拳擊擂臺上，象徵敗北的毛巾飄落般。

「嗚、嗚嗚……！金次！你沒有看到吧！」

「沒、沒問題。被光擋住，我什麼都沒看到。」

被脫得（似乎）只剩下內衣的亞莉亞——

靠攏雙腳，姿勢不太標準地跪坐在地上，用右手遮著胸部，用左手遮著肚臍以下（大概）。

「哇喔！看起來就好像只有購買DVD・BD的人才看得到的特典贈品呢！」

對於理子說的那些莫名其妙的話先姑且不理，總之，因為亞莉亞被剝光的關係……

脫裝桌遊開幕戰——脫衣麻將就這樣結束了。

大家各自剩下的衣服是——

白雪三件、理子四件、其他人五件。

……看來路途還很漫長啊。

——順道一提，理子在麻將比賽結束的同時，大叫著「這才叫牌(pai)呀！」然後就從自己胸部(pai)的乳溝中生出了一大堆的麻將牌。啊！白雪也把牌藏在同樣的地方呢。

這群女人，居然要這種男人無法想像的手段。我完全沒有發現啊。

但是，那種手段也只有穿著衣服的現在才有辦法做到啦。

妳們就盡量藏吧。

「理子！白雪！既然有那種手法，為什麼不事先跟我講啦！」

「咦~可是就算告訴亞莉亞，妳也做不到呀~」

「嗯，沒錯沒錯。亞莉亞做不到啦，亞莉亞做不到啦。」

「不要連說兩次啦！我自己也是說完『事先跟我講』之後就馬上覺得『不妙』了呀！我要開妳們洞！開洞大三元！」

就在亞莉亞、理子跟白雪開始大吵大鬧的同時……

我則是走近坐在位子上呆呆看著綠一色的蕾姬身邊。

「……喂，蕾姬。」

「是。」

「跟我說明一下這副牌吧。」

「因為金次同學要我湊齊類似的牌，所以我就根據自己喜歡的顏色湊齊了。」

「喜歡的顏色……？原來妳喜歡綠色啊？」

「因為在我的故鄉，有一整片的草原。」

哦？

所以才會選擇綠一色啊？

等等，不是這個問題啦……

「話說妳這個，是靠耍老千的吧？」

「因為我不清楚詳細的規則，所以我並不知道什麼樣的做法會違反規則。」

「……我不是在講那個。我是在問，妳是怎麼把牌湊齊的？」

「為了讓我想拿的牌可以堆在場上——洗牌的時候，我故意把牌分配到其他人的手上了。」

「喂……妳那個……是叫『散牌』的一種祕技啊。真虧妳能成功。」

「因為大家手上的動作都有各自的習慣。」

怎、怎麼會有這麼銳利的觀察力啊。

真不愧是狙擊科的麒麟兒。

——「狙擊」這種行為，很講究「觀察目標行動習慣」的能力。

例如說，假使想要擊中某個人手上的藥罐，就必須要事先掌握那個人吃藥時的習慣。

這樣一來，就能夠知道那個人什麼時候會從櫃子中拿出藥罐，什麼時候會把藥罐拿到自己比較好狙擊的位置上——然後漂亮地擊中那個人拿在手上的藥罐。

蕾姬就是利用這樣的能力——

事先觀察亞莉亞、白雪與理子在跟我對局的時候洗牌的樣子，掌握了她們手上動作的習慣。

然後在自己洗牌的時候，故意讓那三個人拿到湊成綠一色所需要的牌，並且讓那些牌可以被堆到蕾姬在配牌時能夠拿到的位置。

然而……

「可是，在洗牌的時候，也有一些牌是背面朝上的吧？」

「是。」

「既然背面朝上，就不知道那是什麼牌了。不知道是什麼牌的狀況下，應該就沒辦法把自己想要的牌散到其他三個人的手上才對。沒有確認牌的表面……妳是怎麼知道那些是什麼牌的？」

「靠重量。」

「……重量？」

「根據牌上雕刻的圖案，牌的重量就會有所不同。」

……！

超、超強的……！

她光是靠牌的**重量**，就可以摸出那是什麼牌了嗎？

這麼說來……

我好像有聽過，狙擊手非常講究子彈跟火藥的重量。

據說光是差了零點一毫克，子彈的著彈點就會完全不一樣的樣子。

而遇到這種時候，超一流的狙擊手——就會靠**指尖**測量出連天秤都無法測量的重量，甚至可以到微克的單位上。

對於狙擊科的Ｓ級武偵——蕾姬來說，麻將牌的重量……似乎每一張牌都有不同啊。

「好啦～！氣氛被炒熱起來了！下一個遊戲就由排名第一的欽欽‧蕾Ｑ小隊來決定吧！」

就算被亞莉亞狠狠咬著頭，理子依舊很有精神地繼續扮演主持人的角色。

對了。

這麼說來，規則上是贏的人可以決定下一個遊戲啊。

這下機會來了。

「……」

這次應該就可以好好利用那個默默坐在位子上的蕾姬簡直像開外掛一樣的能力啦。

雖然她因為對所有的遊戲都缺乏經驗，而讓人感到不安。不過同時也是很值得依靠的同伴。

我環顧了一下房間，尋找著可以有效活用蕾姬能力獲勝的遊戲。

（撲克牌……運氣要素太強了。射飛鏢嗎？雖然只要有蕾姬在就一定能獲勝……可是我就不行了。根據規則的話，搞不好會輸掉。我看還是不要選飛鏢吧。）

正當我在腦中思考著戰略的時候——

有個再適合不過的遊戲啊。

就是撞球。

畢竟那遊戲感覺就很像在狙擊。而且我以前也有被加奈用「這可以練習射擊」之類的理由而陪她打過的經驗。

於是我走向撞球桌，檢查了一下有沒有可疑的機關後——

「我要選擇——撞球！」

用力轉身看向那群女生。

而隨著我的那個動作……

……嘰嘰、嘰嘰……

我的臉頰忽然感覺到我的眼罩傳來些微的震動。

「……！」

怎、怎麼回事？

我的視野……好像……

變得越來越清晰……了……？

（……看、看見……看見了……！）

怎麼會這樣！

宛如溫泉的水蒸氣漸漸消散似地，我變得可以看見女生們的樣子了。

用理子風格的方式來形容的話，就好像是「只有買ＢＤ才能看到的特點贈品」那種感覺。

漸漸地，女生們身上的制服變得越來越清楚……

還有一臉不悅地盤腿坐在地上的亞莉亞，身上的內衣，都看得見、看得見、全部看得見啦。

——事到如今我才想起來，平賀同學製造的東西經常都會發生故障。

看來這副透光眼罩……也故障了啊。

但是，我已經想說也不能說出口了。

因為我已經看到了亞莉亞的內衣。

要是被抓包的話，她絕對會拿雙槍對我進行零距離射擊。

而且現在的我，是比平常更弱的賢者爆發狀態。

既然沒辦法進行自我防衛，就完全是乖乖被射擊的目標物了。

根本會死人啊。

「……！」

我盡可能裝出冷靜的樣子，看了一下時鐘。賢者爆發可以持續的剩餘時間——還有三十分鐘。

用電視動畫來換算的話，就只剩下一集的時間了。

不妙……這下我有時間限制啦。

要是沒有在三十分鐘內搞定的話……可是會發生大慘案的……！

「——好啦，那麼我們就來進行第二回合吧！」

理子高舉雙手萬歲，女生們不斷進行著視線殺人戰鬥。

不、不得已了……！

我只能上了。

為了能夠生還，除了亞莉亞之外——白雪、理子、蕾姬、貞德、平賀同學，很抱歉，還有風魔——

我必須要在三十分鐘內，把她們全數擊敗——**全　部　脫　光　才　行！**

Gunshot For The Next!!!

2彈　瑟堡的日蝕

脫裝桌遊（Cast Off Table）。

那是進行各式各樣的遊戲，輸的人必須脫掉一件衣服——

直到有人被脫到只剩內衣，就換成下一個遊戲項目的，魔性遊戲大會。

『在遊戲上表現優秀的人，就是優秀的武偵。』

從女生們這樣的誤解之下開始，害我也被捲入其中的奇異祭典……第一回合的脫衣麻將中，最後是亞莉亞被剝到只剩下內衣，而分出了勝負。

剩下的生存者是白雪、理子、蕾姬、貞德、平賀同學、風魔與我。

而下一個項目則是——「撞球」。

這是讓暫時與我組成搭檔的蕾姬所擁有的狙擊技術得以發揮的遊戲項目。

到這邊為止都還好，確實都還好。但問題就是——

（該死……動啊、動啊、快動啊……！）

唯一的男生——也就是我，臉上戴的「透光眼罩」竟然**故障**了。

我雖然裝作若無其事地用手指戳了幾下眼罩，但它卻依舊毫無動靜。

平賀同學開發出來的這副外型像夜視鏡的機器，會自動辨識出女生的身體，讓我的視野唯獨那些地方會被光線遮住而看不見……本來應該是如此的。

然而，畢竟這是以「能做出誇張驚人的東西，但故障率也很高」而出名的平賀同學所發明出來的玩意。

結果就是，它才撐了十分鐘就發生故障，讓我現在的視野極為清晰。

別說是女生們的身體了，就連盤腿坐在沙發上咬牙切齒的亞莉亞，身上那套像小孩內衣的撲克牌花紋……愛心啦、紅鑽啦之類的花紋，我都看得一清二楚。

明明到剛才為止，我都因為透光眼罩的關係而看不到的說——

現在簡直是看光光了嘛……！

（……要是、這件事被抓包的話……）

即使理子的這間遊戲房中冷氣很強，我的額頭上依舊不斷冒著汗水。

我現在已經完全看到亞莉亞穿內衣的樣子了。

要是被抓包的話，Government 的點四五ACP子彈就會當場射過來啦。

畢竟亞莉亞那傢伙，明明連裙子都脫掉了，槍套卻依然好端端地套在她的大腿上啊。

（這下……我能依靠的只有自己的力量了……！）

我一邊想著，一邊確認自己身體中心、中央、最深處的血流狀況。

……很好，目前還沒有問題。

就算看到了亞莉亞穿內衣的樣子，我的體內依然保持沉默。

——現在的我，正處於爆發模式的亞種，賢者爆發的狀態。

這是一種會讓戰鬥力變零，取而代之地對女孩子們變得毫無興趣的特殊模式。

（這就是……我現在唯一的救命繩、最後的防壁……！）

話雖如此，但這狀態頂多只能再維持三十分鐘而已。

要是過了那個時間，我的身體就會恢復到能夠進入爆發模式的狀態。

——在女孩子們都只穿著內衣的房間中，你給我進入爆發模式試試看。

絕對會演變成一場悲劇啊。

不，因為女生有七個人，所以應該是七場悲劇啊！

畢竟在爆發模式下的我，要一口氣上七個人，應該也不是什麼難事才對。

——因此，我必須要在三十分鐘內讓那些女生們全滅，結束這場愚蠢的遊戲大會——脫裝桌遊。而且在這段期間中，都不能被發現我的眼罩故障了。

這就是讓我生存下去的路。

極為狹窄、充滿風險的唯一之路……！

「撞球嗎~自從我在澳門大賺一筆以來，好久沒玩過了呢！」

「呼哈呼哈，文文的噴射撞球桿發揮實力的時刻到來啦！」

「真不錯。我在巴黎也曾經有一段時期，以地下撞球詐欺師的身分活躍過呢。」

……我這唯一的一條活路，忽然就變得烏雲密布起來。

理子、平賀同學與貞德這些人，居然都各自拿出自己的高級球桿啦。

用來敲擊撞球的桿子——球桿，真要買到好貨的話，可是價格不菲的。

而她們竟然都各自擁有自己專用的球桿……代表她們的實力一定有中上程度不會錯。

確認自己手上那根粉紅色球桿狀況的理子，還有拿著巧克開始摩擦那根黑桿金邊握把球桿的貞德，動作看起來就是經驗豐富的樣子啊。

話說……理子跟貞德……

她們剛才是不是都脫口說出了什麼很嚇人的經歷啊？

另外，平賀同學拿出來的球桿，看起來有夠像機械的。

不，那很明顯就是機械吧！上面還有按鈕哩。

「喂、喂，平賀同學，妳那根……噴射撞球桿？是不是違反規則啊……？」

我說著，翻開理子寫的那本「脫裝桌遊・規～則書☆」當中的撞球項目一看，上面竟寫著——「球桿：自由！」——的文字。

居然……自由……？

該死。我真應該在昨天先問清楚規則才對啊。

順道一提，風魔也拿出了一根竹製球桿，於是我、白雪與蕾姬只能跟理子借了三根看起來非常普通的球桿，然後圍到撞球桌旁了。

「現在大家各自的衣服～小雪三件！理理四件！其他人全部五件～！」

語氣開心的理子，拿出了打九號球用的撞球。

順道一提，所謂的「小雪」是白雪的綽號。

而那個白雪……從剛才就一句話也沒說。

或許是因為她身上只剩下上衣、裙子跟一邊的襪子，所以在緊張也不一定。

「要進行的項目是『九號球』！七人比賽版本！」

根據雙手攤開筆記本的理子說明的規則——

・參賽者用球桿敲擊的白球為母球，放在球桌上寫有①～⑨編號的球則稱為目標球。

・參賽者要敲擊母球，撞擊有①～⑨編號的目標球，使之落入球洞中。

・在撞擊時，母球最先撞到的目標球，必須要是編號最小的球。（例：球桌上剩下③⑥⑨的球時，必須要先撞擊到③才行。）

・一次的敲球允許讓母球連續敲擊目標球。（可以連續撞擊到③→⑥→⑨的球，也可以靠滾動的③或⑥接著撞到⑨使其入洞。）

・最終讓⑨號球入洞的人即為獲勝者。遊戲如此反覆。

・在途中發生失誤，或是讓⑨入洞而結束遊戲的時候，小隊隊友交棒。

——基本上就跟一般的九號球規則是一樣的。

然而跟普通規則不一樣的就是，另外又添加了「脫裝桌遊」專用的規則。

・讓球入洞失敗的話，脫掉一件衣服；發生犯規也脫掉一件衣服。

・相反地，成功讓⑨入洞的人，則可以指定一個對象脫掉一件衣服。

・最後，直到有人被脫到只剩內衣，撞球遊戲便結束。

——也就是這種**脫衣規則**。

「首先，讓我們來決定敲球的順序吧！同一小隊的人要連續敲球，所以小隊內自己先決定好順序喔！」

聽到理子很有精神地發表的規則，白雪・風魔小隊、理子・平賀同學小隊與我・蕾姬小隊各自進入了小隊商量時間。

而失去了亞莉亞的貞德，則是一個人默默在旁邊看著。

（原來如此……『同一小隊的人要連續敲球』是嗎……）

畢竟撞球是一種個人競賽，會讓小隊制度變得沒有意義——不過在這種特殊規則之下，小隊的意義就會變得相當重要。

如果讓比較強的人先敲球，就可以讓球製造出比較好的位置，讓接下來要敲的人比較有利。

這樣的狀況下，可以讓隊友避免脫掉衣服——是屬於比較偏守備的布局。

相反地，讓實力比較弱的人先敲球……接下來的人就可以讓球製造出敵人比較難敲的狀況下，結束自己的回合。

這樣即使會失去衣服，但也不會留下對敵人有利的狀況——屬於偏向攻擊的布局。

（這下戰略變得很重要了……）

理子定的規則，就是在這種地方莫名高竿啊。會讓人必須要動腦筋才行。

於是，我對呆呆站在原地的隊友——蕾姬說道。

「蕾姬，妳有打過撞球嗎？」

「不。」

「那麼在輪到妳上場之前，去把規則書看一下吧。基本規則都有寫在上面。」

「是。」

「妳一定可以的，加油。」

「是。」

在彷彿要強襲犯罪者時的緊張感之中，我們如此交談著……

最後，我．蕾姬這個小隊，決定要讓沒打過撞球的蕾姬後上場，也就是守備性的布局了。

接著，我們用跟平常不太一樣的方法（猜拳＋小隊內任意安排）決定了敲球的順序。

順序就是……白雪→風魔→我→蕾姬→平賀同學→理子→貞德，然後再回到白雪。

——這個順序決定下來的瞬間，我不禁在內心比了一個勝利手勢。

因為仔細一看，這樣的順序下，我是接在風魔的後面。真是太幸運了。

風魔是我的手下。

是在這場脫裝桌遊大會中，我特地安排的一個像間諜的角色。因此就算她變得沒球可打了，應該也會刻意製造出讓我比較好敲球的位置才對。

「那麼，遊戲開始！大家加油囉～！呵呵呵！」

命運的第2回合——

脫衣撞球，在理子的宣言下開幕了。

「我能做的就只有這樣而已？」

在之前的麻將已經輸到只剩內衣的亞莉亞，一邊抱怨嘀咕著……一邊利用三角形的木框，讓九顆球密集排列成一個菱形。

參賽者首先要用力敲擊母球，撞擊那些密集排列的目標球，讓球的位置隨機分布——這就叫『開球』。

這是可以華麗宣告撞球開幕的，最初的一擊。

「好啦，開球啦。妳就盡量加油吧。」

亞莉亞將純白色的母球遞給了順序第一位的白雪。

「……嗯、嗯。」

拿到母球的白雪，又確認了一下規則書……

然後東張西望地窺視大家的臉色後……畏畏縮縮地把母球放到球桌上。

接著，她架起跟理子借來的球桿。然而——

「？」「？」「？」「？」「？」「？」「？」

在場的大家都對她的架桿姿勢浮現問號了。

（那、那是什麼架桿姿勢啊……）

白雪架桿的姿勢，就好像拿著薙刀在突刺一樣，把球桿的前端伸向母球。

雖然規則書上是有寫說「架桿方式：自由♪」啦。可是這……

「……嘿呀！」

叩！

「！」「！」「！」「！」「！」「！」「！」

所有人頭上的問號，都瞬間轉換成驚嘆號了。

白雪真的就像在練習薙刀似地大叫一聲，用球桿敲擊——或者應該說是擦到——母球，讓母球無力地往前滾動……

咚。

雖然有碰到一號球，可是九顆球也只是稍微散開了一點而已。

（原來如此，原來如此，白雪她……）

看來她應該是完全沒有打過撞球啊。

這下我的嘴角也不禁微微上揚了。

雖然根據理子的規則，開球失敗並不需要脫衣服——不過接下來，大家應該會集中攻擊白雪了。她根本是一隻再適合不過的肥羊啊。

『攻擊白雪　但是　不要做得　太明顯』

我透過事先講好的「交談信號」——搔搔頭，折折手指，以及每個動作之間間隔的秒數等等——對風魔打著暗號。

於是風魔就假裝用手撥掉睫毛上的灰塵——對我回應「遵命」的暗號。

很好很好，妳真是太棒了，風魔。

為了師父，不惜犧牲自己隊友的精神。就讓我好好誇獎妳吧。

「哈哈……因、因為太久沒打了……好像、稍微失誤了一下……呢。」

白雪雖然一邊苦笑著，一邊環顧眾人。但是——

露出賊笑的理子、「噗哧」噴笑出來的平賀同學、用鼻子笑了一聲的貞德、無言的蕾姬，再加上像X戰警的獨眼龍一樣戴著眼罩的我，大家都對白雪施加著「妳已經完蛋啦」的無言壓力——

「……咿……！」

結果白雪抱著自己的球桿，從球桌旁退開了。

「咳……那麼，接下來輪到在下是也。」

第二棒，是風魔。

她架起竹子製的球桿，喀！

用稱不上是技巧多好的打法，像在重新開球般把目標球打散了。

咚……首先，是①號球入洞——

咚！

五顏六色的球則是散開到球桌上的各處，總算看起來比較像在打撞球了。

接著，風魔規規矩矩地讓②號球入洞……

但③號球的位置實在太難打了，於是她故意讓母球撞到其他的球，結束了自己的回合。

「哎呀~畢竟③號球真的很難打嘛。那麼，忍忍，犯規脫一件嚕。」

「忍。」

被理子這麼一說，風魔便乖乖把水手服的蝴蝶結解開了。

順道一提，那個「忍忍」是理子想出來的一個念起來很繞口的風魔綽號。

因為就像剛才一樣，風魔常常會說「忍」的關係。

「那就輪到我啦。」

我如此說著，然後把多虧風魔偷偷幫忙而讓位置變得比較好打的③號球，以及④號球打進球洞。但是……到⑤號球就沒轍了。

⑤號球的位置就在球桌角落的洞口前，而在它的前面卻有⑨號球擋著。

這樣應該無論如何都會撞到⑨號球吧？

遇到這種時候，最好還是不要猶豫太久。

畢竟我的賢者爆發，可是有時間限制的啊。

如此判斷的我，為了讓隊友蕾姬至少能夠比較好打——

於是讓母球撞到⑨號球，讓它帶著⑤號球一起落入球洞了。

在這種狀況下，⑤號球會被判定入洞，而⑨號球則是要放回原本的位置上。

當然，這樣就算我犯規了……

沒辦法。我只好脫掉襯衫，讓上半身剩下一件汗衫了。

接下來是我的隊友，蕾姬上場。

「蕾姬，妳有讀完規則書了嗎？」

「是。」

「有理解嗎？」

「是。」

「……好，那就加油吧。」

「是。」

妳啊……除了「是」跟「不」之外，也說說別的話吧？如果可以的話，最好是妳自己開口。

無言．無表情．無感情三項俱全的機器人．蕾姬，拿起球桿……

在撞球桌旁單腳半跪下來了。

（喂、喂……）

在冒出冷汗的我眼前，蕾姬擺出的動作……

居然是把球桿當作狙擊槍的跪射姿勢啊。

眾人看到她的樣子，紛紛露出『又有一頭肥羊啦』的表情——連局外人亞莉亞都發出了竊笑的聲音。

理子一邊大叫「感謝招待！」一邊鑽到撞球桌下，光明正大地開始偷拍（？）起蕾姬單腳半跪之後露出來的裙下風光……

然而，蕾姬卻毫不在意地……

「我是一發子彈——」

嗚喔！開始詠唱起來啦！

這是蕾姬在狙擊目標的時候常有的習慣。

是為了讓精神集中而小聲呢喃的一種像詩的臺詞。

接著——喀！

她完全面無表情地，銳利敲擊母球。

母球像狙擊彈一樣快速在球桌上飛去——喀！

首先，是撞擊到⑥號球的側面，與⑥號球像雙頭蛇一樣呈現Y字型飛馳。

母球接著敲到球桌邊緣（顆星）反彈，撞到⑦號球後又敲到顆星反彈，撞到⑧號球之後又敲到顆星。

球、顆星、球、顆星、球。母球描繪出W型的軌跡不斷滾動——

最後……喀！

撞到⑨號球了。

……咚、咚、咚、咚……

在眾人瞪大眼睛環顧之下——⑥⑦⑧⑨這幾顆目標球，全數落入球洞了。

球桌上，只剩下靜止在中央的一顆白色母球而已。

「……」

蕾姬把球桿架在肩膀上……若無其事地站起身子。

然後，又恢復到平常的她，凝視著什麼東西也沒有的斜下方。

（超……超強的……！）

對沒有打過撞球的蕾姬來說，剛才那應該是她人生中的第一敲才對。

雖然跟同樣是第一敲的白雪在一開始有點像……但結果卻有著天壤之別。

這、這派得上用場啊。

緊接著剛才麻將的三倍役滿，蕾姬這種像開外掛一樣強的能力絕對派得上用場。

「呃……那麼，蕾Q，妳要脫掉誰的衣服呀？」

聽到理子一邊苦笑一邊說的這句話，我忍不住把戴著眼罩的頭用力轉過去了。

對啦。因為蕾姬剛才的超強演出讓我嚇得忘記了，不過擊落⑨號球的參賽者是可以任意指定一個人脫掉一件衣服的啊。

現在應該要脫掉白雪才對。畢竟她只剩下三件衣服啦。

「那就貞德同學。」

——喂！

聽到蕾姬若無其事地說出來的話，我又把戴著眼罩的頭轉過去了。

白雪則是「呼……」地鬆了一口氣……

「等等……蕾姬，妳為什麼要選貞德啦！」

「我的直覺。」

「啥……？」

「狙擊的時候，應該要瞄準敵人的領隊、通信兵或是擁有最強火力的成員。因為實力較弱的人會自取滅亡，或是被其他人打敗——所以我排除在目標之外了。」

「妳在說什麼啦！這裡可不是戰場啊。沒有人是領隊，也沒有通信兵吧？為了讓遊戲快點結束，應該是要從比較弱的人先下手啊！」

就在我跟蕾姬像在起內鬨一樣對話的時候——

「呵呵呵……說得也是，畢竟這項競技中，最強的人就是我呀。蕾姬，妳靠直覺就發現了這件事是嗎？遠山，你的那副眼罩，應該看不見女性的身體吧？」

露出得意笑容的貞德，綽綽有餘似地對我如此問道。

「——那、那是當然的咧。」

嗚……因為忽然被問到而焦急起來，害我說出奇怪的語尾詞啦。

冷靜下來啊，金次。

這個失誤雖然小，但不斷累積還是會讓女生們起疑的。

「那麼——我就脫掉一件吧。畢竟這是規則。理子，脫衣服有規定順序嗎？」

「咦？沒有呀？」

「那麼，我就先從上衣脫起吧。」

貞德說著——唰——

竟然威風凜凜地就脫起水手服的上衣了。

「——！」

因為眼罩壞掉的關係，害我不得不目擊到她脫衣服的那一幕了。

要是我把眼睛別開，反而就是承認我「看得到」啊。

就算把眼睛閉起來，也會因為舉止可疑而被抓包的。

我只能看了。

（為什麼要一下子就選上衣啦！通常應該是先從蝴蝶結或襪子脫起吧！）

雖然我很想這樣抗議，但是理論上應該看不見的我也沒辦法這麼做。

——或許是因為要挑戰脫衣遊戲的關係，貞德穿的內衣是白色的塑形胸罩。

純白的罩杯布料較厚，如果光看那部分的話，感覺也很像是泳裝。

但是，因為罩杯的邊緣與肩帶上都裝飾著華麗的花形刺繡，讓我的腦袋無論如何都會判斷那是一件「內衣」。

（血……血流……！）

沒、沒問題。我還是賢者爆發。

而且因為貞德表現得很乾脆，所以危險度也比較低。

要是她一反常態，表現出什麼羞澀的樣子，我搞不好就會起反應了也不一定啊。

「嘿呦……嘿嘿呦的啦！蝴蝶結也算是一件衣服，要保護好的啦，貞德。」

雙手靈巧的裝備科平賀同學，從貞德的上衣上解開蝴蝶結——

接著從理子的裁縫箱中拿出橡皮圈，套在蝴蝶結上面，還給貞德。

「呵呵，Merci（謝謝）。這樣穿起來似乎也意外地很可愛呢。」

貞德說著，把蝴蝶結套在脖子上……嗚嗚。

雖然我搞不清楚為什麼，但看起來反而更妖豔了啊。

明明胸罩完全露出來了，可是脖子上卻圍著蝴蝶結。

簡直就像透視制服的上衣一樣，有種倒錯性的感覺呢。

「那麼，接下來就輪到文文開球的啦！」

平賀同學輕快地跳到球桌邊。

負責場邊工作的淘汰者——亞莉亞則是撿起入洞的球，重新擺成菱形。

裝扮莫名其妙的貞德，用球桿輕輕拍打著自己的手掌。

理子不知道在開心個什麼勁，笑著凝視貞德的胸部。

風魔環起手臂站在場邊。蕾姬像地藏菩薩像一樣不動。白雪戰戰兢兢著。我則是在別的意義上戰戰兢兢著——

八個人八種不同的視線交錯中，平賀同學掀起她那件同樣很危險的短裙（因為是SSS尺寸的關係，簡直就像小學生在穿的裙子一樣短），趴到球桌上——翹起屁股、彎下上半身、踮起腳尖、架起球桿。

「嗚喔~！發射的啦！」

碰磅——！

隨著普通的球桿絕對不會發出的機器運轉聲音，平賀同學被反作用力彈了回來。
話說，這味道——動力根本就是火藥吧！
「！」
喀喀喀喀喀喀！
在撞球桌上，球就像是被丟進洗衣機一樣東奔西走。
然而……因為平賀同學完全就沒有好好瞄準的關係——
「呼……怎麼樣的啦？」
平賀同學把從接縫處冒出濃煙的球桿當作拐杖，撐起身子。但她的開球……一顆球都沒有掉進洞中。
畢竟力道也未免太強了啊。
就算是原本會掉進洞中的球，也飛過球洞的上方，敲到顆星又彈回來了。
不過，母球同樣也沒有掉入洞中。
因此，平賀同學的開球並不需要脫衣服，單純只是交棒給理子而已了。
「理子，接下來就交給妳的啦！」
「ＯＫ～文文！擊掌擊掌！」
啪！
跟平賀同學擊掌交棒的理子，笑著蹦蹦跳跳地走到球桌邊。

雖然這已經是我看慣的情景了，不過她真的就像小學女生一樣充滿精神啊。

但是……

（妳能笑的也只有現在囉……？）

看著撞球桌上的我，在心中如此呢喃。

因為這球的位置，簡直差勁到極點啊。都讓人想笑了。

⑨號球就在洞口邊的這一點還算好。

但是，應該要先敲擊的①號球卻被②③④⑤⑥包圍起來啦。

不管怎麼打，母球都一定會先撞到①號以外的球，造成犯規啊。

「妳要怎麼辦啊，理子？」

我忍不住用挑釁的語氣如此說道後──

「呼呼！就讓你見識一下我的必殺技吧！」

理子卻用她那雙眼皮的大眼睛，對我拋了一個彷彿會冒出愛心或是星星的裝模作樣媚眼。

「這必殺技在澳門同時也是理子的稱號──J．S．R！」

J．S．R……？

是「像小學女生(Joshi Shyougakusei)的理子(Riko)」嗎？

理子將她那根粉紅色的球桿對準了怎麼看都會犯規的方向──

「——理子跳球（Jump Shot Riko）！」

喀！

充滿荷葉邊的改造制服裙翻起，用力刺了一下母球。

咻！

結果白色的母球就像兔子一樣跳起來——

喀唧！

首先敲到①號球的頂端，彈起來——飛越②③④⑤⑥——喀！

把⑨號球撞入球洞中，母球在球桌上靜止下來了。

（……這、這招也行啊……！）

這真是……太胡扯的招式啦……

居然讓跳起來的母球把落地點的球當跳臺，又再度跳起來！

而且還是①→⑨入洞，靠最短的順序結束一輪了。

「好啦，小雪，脫掉吧！」

唰！

理子毫不留情地拿起粉紅色的球桿指向白雪。

「嗚……！」

於是白雪像擠出聲音似地發出呻吟——

把剩下的一隻白襪子也脫掉，變成兩隻腳都光腳丫的狀態了。

看來她並不會像某人一樣，用奇怪的順序脫衣服啊。

「──那麼，接下來就輪到我開球了。」

那個所謂的「某人」──貞德，為了不要妨礙打球，而把垂在左右兩邊的髮辮綁到後頭部。

就在亞莉亞勤奮地把球擺成菱形的時候──

「白雪。」

貞德用她那雙冰藍色的眼睛直視白雪。

「什……什麼事呢？」

啾。

白雪惹人同情地用雙手緊握球桿，把球桿夾在雙峰的乳溝間……但依然教人欽佩地露出充滿鬥志的眼神，勇敢面對貞德的刺殺戰。

「我就預告一下吧。我會用 Break Run Out──開球掃局，讓妳再脫掉一件。」

……開、開球掃局宣言……！

所謂的開球掃局──就是撞球中的一種完美比賽。

從出桿開球開始……正確地擊中所有目標球，照順序毫無失誤地讓球入洞……最後到⑨號球為止，都靠一個人完成的意思。

如果能夠辦到這一點，即使對手是世界冠軍也可以獲勝了。

畢竟這樣除了自己以外的參賽者都沒機會敲球，就結束一輪比賽啦。

「這樣一來，妳剩下的衣服就只剩一件了。等我結束回合後，雖然會輪到妳來開球，但是只要妳接下來有任何一次失誤——就要在眾目睽睽之下讓大家看到妳悲慘的樣子啦。」

貞德……雖然妳講的話好像很帥氣……

可是看看妳自己的打扮吧？

胸罩全露出來，脖子上綁著蝴蝶結，一點都不帥氣啊。

要說「悲慘的樣子」，妳的樣子就已經夠悲慘了吧。

哎呀，隔著一副像夜視鏡一樣的裝備在看妳的我，也沒什麼資格說這種話就是了。

「白雪，妳就放棄吧。在我——銀冰魔女——的面前，妳是沒有勝算的。」

看來在貞德的心中，之前她在地下倉庫慘敗的過往，被當作沒發生過了啊。

就在我這樣想著的時候，九顆球整齊地排列好了……

於是貞德擺出甚至教人感到美麗的正統派架桿姿勢，把球桿對準母球。

「……啊……啊……」

被預告敗北的白雪，則是抱著自己的球桿，全身不斷顫抖。

喂喂喂……妳冷靜點吧，白雪。

貞德剛才那些話，是在這種重視精神層面的遊戲中，經常會使用的「局外戰術」啊。

她是故意說些恐怖的話，對妳的心理施加壓力啦。而妳居然就這樣乖乖上當了。

——喀！

貞德的開球聲讓我回過神來一看，首先……①②③很順利地掉入球洞中了。看來她不只是在說大話，實力確實也不錯呢。

（不過……接下來的④就很難了。）

④的位置剛好被⑤⑥⑦⑧包圍住。

雖然球跟球之間還有空隙，但角度上就很差。

就算直接擊中了，要靠敲擊顆星的V字彈跳應該也很難進洞才對。

「——妳也要用跳球嗎？」

因為早已輸掉而顯得比較輕鬆的亞莉亞如此問道。

「呵，那樣未免也太無趣了吧？尤其是對只能在旁邊看球的妳來說。」

貞德則是露出比亞莉亞更放鬆的態度，諷刺地回應了她一句後——

「可以吧？」

「可以呀。」

接著跟理子進行了一小段莫名其妙的對話，然後轉身背對球桌，坐到球檯上。

還自己把裙子綁起來，好讓裙子的布料不會落到球桌上。

那很明顯是在我的眼罩有正常作用的前提之下做出來的動作。

（嗚……！）

規定上是至少要有一隻腳踏在地板上……因此貞德伸長右腳，看起來就像是故意要讓人看到自己整隻腳直到大腿一樣。

因為她的裙子被撩起來的關係，根本就是完全被看光光了。

纖細而緊實的珍珠色美腿，跟眼罩的透光在不同的意義上顯得非常亮眼……要是我現在不是處於賢者爆發模式，搞不好當場就會被那美麗的線條打敗了。

柔軟地坐到球桌上的臀部，也有一小部分微妙地可以窺視到啊。

「——我就用軌道來預告這一桿之後會入洞的球吧。」

貞德如此說著，扭腰將上半身轉向球桌……**直立地**把球桿架起來了。

那姿勢看起來就好像是要從正上方戳擊母球一樣。

（……是扎桿啊……！）

扎桿。那是加奈很擅長的一種擊球法。

從斜上方敲擊母球，給予強烈的迴轉力道……讓母球描繪出彎曲的軌跡。是一種高難度的技巧。

——喀——

不出我所料，貞德利用扎桿擊出母球……

於是母球像陀螺一樣一邊旋轉，一邊在球桌上行進。

劃出一道優雅的曲線，避開⑤⑥⑦，輕輕擦碰到④的邊緣。

就在④朝著球洞滾去的同時，母球繼續在球桌上畫出曲線，左搖右擺地行進……

⑤……⑥……⑦……！

居然劃出像**數字8**的軌跡，一顆接著一顆地擦碰到目標球。

結果……

咚咚咚咚！

④～⑦的球幾乎同時落入球洞中。

……嗚哇……！

在場的所有人都發出驚嘆聲，白雪則是全身無力地跪坐在地上了。

留在球桌上的球，只剩下⑧跟⑨。

「好啦，白雪。妳就一邊準備脫衣服，一邊好好看著吧。」

貞德從球桌上跳下來，對著球桌對面的白雪挺起胸膛。

「——最後就讓妳見識一下我的魔法吧。妳是贏不過我的——」

用誇張的手勢架起金邊球桿的貞德……雖然嘴上說是「最後」，但母球與⑧號球的連線中間，有⑨號球擋著。正常來想是不可能光靠一次敲桿就結束球局才對。

哎呀，我就來見識看看撞球詐欺師・貞德要怎麼攻略這不可能的狀況吧。

現在就算她再使出什麼招式，都嚇不倒我的。

「……我知道了啦，貞德……我已經知道了……所以、拜託妳、不要再欺負我了呀……」

以卡片遊戲來比喻的話，生命值早已是零的白雪，看著貞德雙腳發軟，甚至都讓人懷疑她會不會當場失禁。

漆黑的雙眼泛著淚光，感覺都快要哭出來似地。

總覺得……那樣子未免也太可憐了。

我就站到她身邊，充當一下精神安定劑吧。

「呃——白雪，貞德在敲球的時候，妳已經無從出手了。所以妳在那邊害怕也無濟於事啊。來，我會跟在妳身邊啦。」

「小金……謝謝你……我……我……」

我在癱坐地上的白雪身邊單腳跪下來，結果白雪就緊緊抓住我的手臂，想要紓解恐怖的情緒。

而在視線幾乎與球桌水平的我與白雪眼前——

「仔細看好吧，我接下來的『瑟堡的日蝕』與『白朗峰的化雪』——」

原來還有招式名稱啊？

——喀！

敲擊的同時，貞德的上半身宛如向後弓仰般撐起背脊——

很意外地，她的這招看起來只是像普通的跳球而已。

妳剛才不是說過這樣很無趣之類的嗎？

就在我看著跳到空中的白球，一瞬間感到有點掃興的時候……

「……！」

「啊……啊啊……！」

我忍不住跟著雙手摀嘴的白雪，一起驚訝地瞪大眼睛了。

消……消失了……！

就如同「什麼什麼日蝕」的招式名稱一樣——

母球居然真的像太陽消失般，在空中不見了。簡直就像魔法。

話說，既然出招的人是貞德，搞不好那真的就是魔法也不一定。倘若真是如此，對手根本毫無勝算啊。

咚……

母球「啪！」一地一聲再度出現在球桌上，同時撞到了⑧號球——

讓⑧號球應聲入洞後，母球便靜止在球桌上了。

……咦？

貞德，妳剛才不是說過，這是「最後」了嗎？

可是現在母球停下來了，妳還要再敲一桿才能結束球局啊。

正當我再度感到掃興的時候……

「嗚……！」

「咿……咿呀……！」

我又忍不住跟著害怕發抖的白雪，一起驚訝地睜大眼睛了。

因為明明已經停止下來的母球……居然又動起來啦。

——而且是朝著⑨號球的方向。

簡直就像雪塊融化成水，緩緩流動似地……

不，這並不是什麼魔法，這是一種叫「拉桿」的技巧。簡單講就是，在敲球的時候給予母球往後旋轉的力道，讓母球在擊中目標球之後，會逆向往後退的招式。

話雖如此，貞德居然讓拉桿跟跳球結合在一起，確實可以稱得上是魔法等級的技術。

咚——⑨號球被母球一推，落入洞中。貞德的開球掃局成功了。

哎呀……真不愧是銀冰魔女小姐啊。

「結束了。來，白雪——妳別在那邊抓著遠山不放，快脫掉一件衣服。然後接下來就輪到自己親手失誤，丟臉地落幕吧。還有遠山也是，要當爛好人也稍微有點節制啊。」

貞德帥氣地收起球桿，一臉嚴肅地說著。

雖然她凜然的表情看起來就像在演歌劇一樣……但是在進行的可是脫衣遊戲喔？該怎麼講？這就是自己陶醉在自己製造出來的氣氛中吧？真是個腦袋幸福的傢伙。

就在這時……

「……妳剛才……說什麼……」

從我的旁邊，或者應該說是從白雪的喉嚨深處，傳來了低沉的聲音。

「……？」

我忍不住轉過頭去，便看到低著頭的白雪——用她的妹妹頭瀏海遮住眼睛……緩緩地站起身子了。

「妳說……小金是……爛好人？呵呵，原來在妳看起來是那樣呀……不對，妳錯了，貞德……妳真的是一個、冷血無比的女人呀……」

……轟轟轟轟……

見到白雪全身散發出殺氣，不只是貞德……在場的所有人都不禁往後退下了。

「就讓我告訴妳。小金才不是因為爛好人才來安慰我的。這是關愛。是因為小金關心我——在乎我——為我著想，才會來安慰我的。」

語氣中莫名帶有一股熱意的白雪——啪！

威風凜凜地把上衣脫掉了。

而她臉上的表情——超、超恐怖的！

明明到剛才為止都還一臉要哭的樣子，現在忽然就變得像惡鬼一樣可怕啦！

「貞德！妳剛才那句話汙辱了小金大人對我的思念，是該**遭天譴**的暴力發言！我要代替八百萬眾神，懲罰妳！接下來——我也會開球掃局！然後妳就要脫掉妳的裙子！知道了嗎！」

白、白雪，妳為什麼、會穿黑、黑色的內衣……到脫衣遊戲的會場來啦！

而且還因為憤怒地用力揮動球桿的關係，讓那對胸部也不斷彈跳著啊。

話說，天譴居然是脫掉裙子，那是哪門子的神啦！

另外，白雪在脫掉上衣的同時，竟然連她綁在頭上的布——也就是為了抑制過分強勁的力量而平常總是綁著的封印也解開了。

星伽家不是禁止妳把那東西解開的嗎？

已經讓人不知道該從那一點開始吐槽起的白雪，或者應該說是黑雪——

「妳、妳辦得到就試試看呀。」

在貞德出言反抗並排好九顆球的同時……

——喀鏘！

一邊咬牙切齒一邊開球，讓目標球一顆接著一顆入洞了。

雖然打法依舊是薙刀流，不過這次的成果非凡。

轉眼間就讓①④⑤⑧入洞啦。

「──下一個！嘿呀！」

大聲尖叫的白雪，「踏踏踏！」地光著腳丫衝到撞球桌對面，喀鏘鏘鏘！

用完全像是失誤的斜向角度，敲擊母球。

母球朝著莫名其妙的方向滾去的同時──咻咻咻咻咻……！居然發出橫掃空氣的聲音，像龍捲風一樣在周圍產生氣流，彈！彈！彈彈！

跳、跳起來了！這到底是怎麼回事啊！我已經完全搞不懂啦！

變成像「超級撞球」一樣的母球，橫掃②③兩顆球，讓它們入洞了。雖然看起來很像是偶然的啦。

等待似乎發出焦味的母球靜止下來的白雪……

「──呵呀！」

唰！

接著用腋下夾了一下球桿（似乎沒什麼特別意義的樣子）後，又再度敲球。

母球「喀！」地撞到⑥，接著撞到⑦，兩顆目標球撞到顆星反彈回來，互相碰撞，不知道為什麼竟然跳到空中──咚咚，各自入洞。

奇、奇蹟啊！只剩一條裙子的白雪，竟然連續展現精彩演出。

當一個人被逼到絕境的時候——原來可以變得這麼強啊？

還是說，那是對「某種東西」的強烈思念，給予了白雪如此神乎其技的力量嗎？

雖然我總覺得，還是不要對那個「某種東西」想太深會比較好。

「呃……！小、小雪！焦了焦了！球桌布燒起來了呀！」

「——呼！呼！」

理子看到撞球桌上到處冒起白煙而慌張起來，但白雪卻對她的話聽而不聞——只是露出彷彿看著殺父仇人似的眼神，狠狠瞪著位於球洞邊的⑨號球。

不、不妙。白雪已經憤怒到失去理智了。

要是讓她就這樣把⑨號球擊入洞中，即使貞德脫掉一條裙子也會無法收拾局面——搞不好白雪會硬找些莫名其妙的理由，把貞德全身剝光，而且還會順便連我也剝光也不一定。

因此趁著還在滾動的母球在球桌上「咚、咚」地畫出星形軌跡的時候，我趕緊用暗號與風魔進行對話。

『快想想辦法』『遵命』『不要被抓包』『遵命』『快點！』『遵命』

等到母球在球桌中央停止下來後，白雪便架起球桿。

哈啾！

啪鏘！

理子很刻意地打了一個噴嚏，平賀同學則是讓球桿摔到地上發出聲音。但是——

「——沒有用的！吽嘰哩嘰哩吧薩蘭吧它——」

不行。這點程度根本沒辦法讓白雪喪失注意力啊。

（風魔……！快點，想想辦法啊……！）

我透過眼罩看向風魔……

發現她像小孩子在扮鬼臉一樣，對著母球的方向露出成排的牙齒。

接著，似乎是舌頭在動的關係，她的臉頰微微蠕動著。

同時，她的胸部……怎、怎麼回事？居然脹大到讓人無法相信她只是高一女生的程度了。

「——納命來！」

已經興奮到搞不清楚在叫什麼的白雪，「唰！」地揮動球桿……

同時——咻——咻——

從風魔的嘴巴，緊接著球桌上的母球，各自發出了小小的聲音。

（是「氣短槍」……！）

那是我們還在就讀神奈川武偵高中附屬中學的時候，風魔表演給我看過的小招式。

在口中把舌頭捲成筒狀，抵在牙齒的內側當作槍管——然後大量吸氣，並一口氣吐出來，讓空氣形成子彈，從牙縫間射出來。

雖然威力只有把樹枝上的葉子打下來的程度，頂多只能拿來當作娛樂表演而已。

不過——

——喀！

母球被球桿敲到後……

「——！」

竟然往左邊偏移，讓白雪當場錯愕了一下。

（做、做得好啊，風魔！）

風魔是利用氣短槍，在都沒有人發現的情況下，讓母球**原地自轉**了。

我猜她應該是從剛才貞德的扎桿得到靈感的吧？

在全部的撞球之中，唯獨母球是沒有花紋、一整顆純白的。

因此，即使母球在原地自轉，乍看之下也很難看得出來。

「啊啊啊……為什麼……！」

到了最後的最後，母球撞不到⑨號球，讓白雪忍不住全身趴在撞球桌邊……

然而，她的那份執著……

竟然又再度引發了奇蹟。

（……！）

沿曲線滾動的母球，劃出一道C字型的軌跡，又滾回來了……！

風魔似乎也沒預料到這種狀況，而瞪大了雙眼。
母球就這樣滾向只要稍微推一下便能入洞的⑨號球——
正當白雪高舉雙手，做出萬歲姿勢的時候……
——啪——！
「嗚呀——！」
理子彈起她綁在兩側的馬尾，發出尖叫聲。
母球竟然——
碎裂了。
徹底碎成一團粉末。
我猜……母球恐怕是因為白雪接二連三的摧殘而出現裂縫，最後到達極限，撐不下去了吧？
不管怎麼說，⑨號球沒有入洞——根據規則，是白雪犯規了。
真是自作自受啊，白雪。
白雪就像電影「前進高棉」的封面照片一樣，維持著高舉雙手的姿勢，雙腳跪在地上……
「……小金……大人……萬歲……！」
留下一句莫名其妙的發言，燃燒殆盡地倒下去了。

亞莉亞接著走到白雪身邊，為了安全起見而將封印布綁回白雪頭上……

「到最後的最後，真是不幸呢。Scorning is catching（害人者終會害己）。就是因為妳在打麻將的時候暗算我，所以現在才會**遭天譴**了吧？」

她一邊說著，一邊將白雪剛才宣言說要從貞德身上脫掉的裙子……

「唰！」地從白雪身上脫下來了。

——就這樣，倒在地上的白雪，身上只剩一套黑內衣，從脫裝桌遊大會中被淘汰了。

我看了一下時鐘。剩下二十五分鐘的時間。

殘存的參賽者是我、理子、蕾姬、風魔、貞德與平賀同學。

也就是說，我必須要每五分鐘脫光一個人才行。

……真是讓人膽顫心驚的二十五分鐘啊。

根據規則，成功讓⑨號球入洞的三個人——蕾姬、理子與貞德進行猜拳，最後由勝利的理子挑選下一場遊戲項目……

「話說，貞德還真是厲害啊——是叫『瑟堡的日蝕』是嗎？那一招，竟然可以讓球消失呢。」

我不經意地跟站在我背後的亞莉亞閒聊起來。

結果亞莉亞卻用感到奇怪的語氣回應我。

「……咦？那不就是單純的跳球而已嗎？」

嗯……？

在貞德**正前方**的我，確實看到母球消失了啊……

可是在貞德**側面**的亞莉亞，卻說看起來只是跳球？

（……！）

聽到她這句發言，我總算理解了個中原理，還有貞德莫名其妙先脫掉上衣的原因。

貞德雖然為了對白雪施加心理壓力，而用了「魔法」這種誇張的講法——

但其實簡單來說，「瑟堡的日蝕」只不過是利用了**保護色**的一種詭計。

貞德首先脫掉上衣，露出她穿在身上的**純白色**內衣。

接著讓同樣是**純白色**的母球飛到半空中，使得白雪跟我在視線角度上會看到母球彷彿溶入內衣的白色之中。

白色跟白色重疊在一起，看起來就會像是消失了。

就這樣，讓白雪以為貞德使用了什麼魔法——進而對她的精神層面造成打擊。

……還真有一套啊，策士貞德。

「話說，金次？你戴著那副眼罩，應該看不到女生們的身體吧？從你剛才那個位置上來看的話——貞德的身體部分應該只看得到光線，所以母球會消失在光線中不是很正常的嗎？」

……！

亞莉亞……

為什麼妳偏偏要挑在這種時候，才發揮平常都缺乏的推理能力啦！

「啊、呃……那是因為、我看到白雪好像很驚訝的樣子——所以就猜想應該是那樣而已啦。只是我猜想的而已。」

我吞吞吐吐地說著，然後假裝在閱讀理子的那本規則書。

「……？」

亞莉亞繞到我的身邊……不、不妙，她的眉毛微微皺起來了啊。

看來她好像開始懷疑我的眼罩是不是有正常發揮作用的樣子。

從現在開始——

萬一我再說出什麼好像「看得見」之類的發言，就會當場出局啦。

百分之百肯定會遭到開洞之刑的……！

「好～！接下來就用這個比賽吧！」

就在這時，理子用右手「啪！」地亮出了某個東西——

除了蕾姬以外的所有人，都忍不住露出了「那東西也可以喔？」的表情。

叫人意外地，那東西竟然就是——

（——「輝夜姬電鐵・日本篇」……！）

那是將日本各地的火車站當成棋格，利用購買土地競賽資產額……

也就是像大富翁遊戲一樣的遊戲主機專用軟體。

不妙，那東西玩起來超花時間的。

在玩的途中，我的賢者爆發模式就會被解除了啊……！

該怎麼辦？

這下該怎麼辦……誰來告訴我啊！

Gunshot For The Next!!!

3彈　我不再手下留情囉

脫裝桌遊（Cast Off Table）。

那是進行各式各樣的遊戲，輸的人必須依序脫掉一件衣服的魔性遊戲大會。

在比賽的序盤戰中——第一回合是亞莉亞，第二回合是白雪，各自都被剝到只剩內衣了。

因為之前進行的遊戲是麻將跟撞球，所以我原本還以為接下來也是要進行桌上遊戲的。可是……

教人感到意外地，第三回合竟然是PS2的電視遊戲。

（輝夜姬電鐵・日本篇……！）

理子拿出來的Hutson公司出品遊戲，封面上畫有戴著鐵路公司制服帽，舉手敬禮&拋媚眼的輝夜姬。我也知道這款遊戲。

這是將日本各地的火車站當作棋格，玩起來很像大富翁的遊戲。

通稱「姬鐵」系列。

從一九八八年發售的第一代開始，擁有二十年以上歷史的出名遊戲。過去出過各式各樣的版本，而理子拿出來的這款「日本篇」，是可以支援多人遊戲的古老版本。

「有玩過姬鐵的人舉手～！」

理子搖著遊戲軟體說道。於是我、平賀同學、風魔以及理子本人舉手了。

讓人無法想像會玩遊戲的蕾姬……以及在剛才的撞球比賽中表現出色的貞德，似乎並沒有玩過的樣子。

「就算沒玩過也沒關係，姬鐵的規則很簡單，新手也很容易上手喔！只要擲骰子，然後朝著指定的終點走棋格就可以了。一開始玩家會有一億元，而抵達終點就可以得到獎金三億元囉！」

正如理子所說……這款遊戲確實很單純。

「另外就是可以像『地產大亨』一樣購買所在棋格的公司，增加自己的資產額。例如說，用兩億元買下收益比率五％的旅館，一年就可以賺到一千萬元。當然，成本的兩億元也會被列入資產，所以很實惠呢！」

而且，規則也很簡單。

其實就是跟玩地產大亨差不多。

不過，這款遊戲真正的問題不在這一點，而是……

「另外～在遊戲中可以使用對自己有利的卡片，或是隨機引發事件！這一點就超有趣的！」

呀～！

理子興奮地用力甩動著遊戲軟體，而我則是額頭不斷冒著冷汗。

這款遊戲……

最有名的就是「卡片」與「事件」的效果非常大。

首先，卡片之中當然有各式各樣很方便的東西，然而有一部分的卡片——可以引發非常誇張的效果，甚至讓玩家都不禁會懷疑製作者的腦袋到底有沒有問題。

例如說，可以讓好不容易前進棋格的所有玩家都被拉回同一格的「派對卡」。

存下來的錢讓大家均分的「意外均分卡」。

不管玩家的借款有幾兆元，都全數取消的「德政卡」。

諸如此類……可以讓遊戲變得亂七八糟的卡片超多。

另外——

包裝背面畫的一名身穿破舊和服的女性角色，名字叫「貧窮妹妹」。

這角色超瘋狂的。

要是玩家的棋子停在特定的棋格，或是有人抵達終點時自己是最後一名的話，這位貧窮妹妹就會附身在玩家身上……

一旦被她附身，玩家擁有的卡片或公司就會被廉價出售，或是被迫朝著與終點相反方向前進等等，不管之前遊戲進行得多占優勢，最後都會破產、背負一堆欠債。

而且這位貧窮妹妹還會心血來潮地進化成「貧窮女王」。

遇到這種情況，就會讓被害值變得更加龐大。

玩家最後被迫背負的損失金額，搞不好都可以讓一個國家滅亡的程度。

更要命的是，這個所謂的窮神角色，在遊戲中……竟然可以轉嫁給別的玩家。

這就是這款遊戲最邪惡的一個系統。

簡單講，當有其他玩家與自己擦身而過，貧窮妹妹就會轉而附身在那一名玩家身上。

正因為這項規則，這款遊戲會讓一個人「不惜犧牲別人也要幫助自己」的醜陋本性表露無遺，絲毫沒有任何掩飾餘地。

最後的結果，大半都會演變成玩家互毆的大吵架。

而且……

在武偵高中的場合，絕對會發展成互相開槍的程度啊。

「喂，理子，為什麼偏偏要選姬鐵啦！那遊戲——太危險了吧！」

「咦～可是這一定可以炒熱氣氛的呀～」

理子完全不理會我的抗議，把遊戲光碟裝入PS2主機裡了。

「是、是這樣說沒錯啦……」

但這款遊戲是在壞的方向炒熱氣氛啊。

像去年強襲科偷偷藏在視聽教室的Ｗｉｉ，就是因為這款遊戲的關係而被流彈擊中，最後變得破爛不堪啦。

至少，這絕對不是佩帶手槍的情況下可以玩的遊戲。

但理子依然無視於我的擔憂——

「那就開始囉～！最後一名要脫掉一件衣服喔！」

一手拿著規則書，一手按下遊戲手把上的按鈕，讓遊戲開始了。

啊啊……真的開始啦。

一步接著一步地邁向開幕了。

「在……在開始之前，我有一項提議！」

除了遊戲的本質，另外還抱有一項重大問題——「時間限制」的我，趕緊舉手發言。

根據我的估算，賢者爆發剩餘的時間——不到二十五分鐘。

要是這個模式解除了，我的血流又會恢復到能夠進入爆發模式的狀態。

因此，我必須要趕在那之前，在所有遊戲項目中獲勝，讓大會結束才行。

「提議～？」

皺起眉頭的理子，用雙眼皮的眼睛看向我。

「呃……這款遊戲在系統上，玩家在長時間進行之中會湊到各種卡片——根據使用的方法，有可能會讓所有玩家都遲遲無法抵達終點對吧？例如說，如果終點是稚內或那霸的話，只要在海峽上使用『禁止通行卡』，大家就都沒辦法通過啦。」

「是那樣沒錯啦～可是那也是戰略之一呀。姬鐵是一款神遊戲，我不想讓規則上有什麼額外限制呢～」

理子用手指抵著嘴唇思考著，看來她相當敬愛輝夜姬電鐵的樣子。

這下我如果不用限制卡片以外的方法，提出早點讓遊戲結束的提議……理子應該就不會同意了。

既然如此……

「哎、哎呀，妳說的是沒錯啦。但是，這樣搞不好就會有人使出利用那種惡質的阻礙進行戰術，讓時間不斷被浪費，最後讓沒上衣可穿的貞德搞壞身體之類的不公平作戰啊。所以說，在姬鐵的規則原封不動的前提下——我要提出一項可以早點分出勝負的提議。就是當有人抵達終點的時候，即使不是最後一名，所有人**每欠債一億元，就脫掉一件衣服**。怎麼樣？」

我提出這項臨時想到、表面上是在關心貞德的提議。

……哇……

雖然蕾姬依舊是一臉呆滯，不過理子、貞德、平賀同學與風魔都表現出緊張的樣子了。

「怎麼啦……妳們害怕了？既然這樣，那麼這項規則就只適用到第二次有人抵達終點為止。妳們總不會……連這樣也跟我說會害怕吧？」

在武偵高中如果想要逼迫別人接受自己的提案，訣竅就在於稍微放寬條件，然後取笑對方「這樣你還不敢嗎？」之類的話。

畢竟要是不夠勇敢，在武偵高中就會被人瞧不起啊。

而被我這樣老套的手法挑釁後——

「呵呵，好呀~反正理子不可能會輸的。」

「遠山，你難得會這樣為人著想呀。」

「沒問題的啦~這款遊戲，文文可是跟哥哥玩過好幾次的啦！」

「既然是師父所言，在下沒有異議是也。」

大家都很輕易地答應了。

蕾姬也對我點一點頭。

這群人的腦袋都很單純，真是太好了。

「好。那就——有人抵達終點的時候，誰的欠債超過自己剩下的衣服數量，誰就要當場被淘汰啦。來，快點開始，快點結束吧。」

我稍微吐露了一點自己的真心話，並斜眼看向理子。結果——

「——那就開始吧！」

理子露出一臉賊笑後，輸入了自己的名字「理理社長」到遊戲中。

接著拿到遊戲手把的平賀同學輸入了「文文社長」、貞德是「貞德社長」、蕾姬是「蕾姬社長」、風魔是「陽菜社長」（因為她的名字就是陽菜）——

我也快速輸入了「金次社長」的名字。

……好，開始啦。

脫裝桌遊第三回合——「輝夜姬電鐵・日本篇」對決。

所有玩家都從東京的格子出發，而第一個目的地是……

經過遊戲機的隨機選擇，最後決定在名古屋了。

「那麼，大家都拿一億元，出發～！」

拿著搖桿的理子，喀啦喀啦喀啦……嗶！

在螢幕上顯示出骰子滾動的畫面後，按下搖桿按鈕——

出現的點數是四。

根據骰出的數字，讓列車形狀的棋子前進，抵達橫濱。

接著，以迅雷不及掩耳的速度，買下桃……嗯？什麼？

她好像買下了什麼土地呢。

「哎呀，妳是不是買到什麼好店啦？」

聽到只穿著內衣盤腿坐在一旁觀戰的亞莉亞說的這句話——我總算想起來了。

我記得，橫濱有一家「桃饅店」。

畢竟那裡有一條中華街啊。

「橫濱的桃饅店，售價三千萬元，收益比率八十％，是相當賺錢的店呢。另外還有兩間中華料理店，都是六千萬元七十％。我是可以買下一間啦，可是畢竟沒有現金就不能買卡片了。其他還有 **Hama Stars** 球隊六億元五％，可是我現在資金不足呢。呵呵呵！」

聽到理子接二連三地說著螢幕上沒有顯示出來的內容……

我不禁瞪大了雙眼。

「理子，妳……記得還真清楚啊。」

「你在說什麼呀，欽欽～玩姬鐵最基本的不就是要把所有車站、所有土地還有卡片販賣車站的所有卡片都記下來嗎！」

理子搖著腰，輕飄飄地晃動她那件充滿荷葉邊的裙子。

而平賀同學也對她說的話點頭表示同意，並且讓棋子停在卡片販賣車站，快速買了一張卡片。

這——我、我也沒有看清楚啊。她到底買了什麼卡片？

（不妙……原來有兩位強敵啊……！）

就在我一瞬間臉色發青的時候——

接下來輪到第一次挑戰姬鐵的貞德社長。

嗯……？哦哦。

她連操作方法都不清楚，變得手忙腳亂啦。

呵呵呵……這個小角色就好對付了。

正當我咧嘴露出暗黑笑容的時候，貞德社長沿著箭頭方向停在品川附近的強制卡片車站了。

這個強制卡片車站，會強制讓玩家抽一張卡片。

卡片是隨機抽取，當中也有包含各式各樣會讓自己虧損的玩意——

「……這是什麼？」

皺著美麗眉毛的貞德社長抽到的卡片是——「紙漿廠卡片」。

這是根本不知道會發生什麼事情、賭博性超高的一張卡片。

貞德搞不清楚狀況下使用了那張卡片後……

『——貞德社長！我們公司的資金變成兩倍了呢！』

……什……！

該死的貞德。

居然一開始就給我這麼順利啊。

話說，真是太不合理了。這遊戲為什麼光是坐個電車到鎌倉附近，原本已經有一億元資本的有錢人就可以擁有兩億元啦。

「……」

接下來，輪到蕾姬了。

嗶嗶嗶。

跪坐在遊戲機前操作搖桿的蕾姬，擲出來的骰子點數是——六。前進到小田原了。就距離上來看，蕾姬一口氣領先。

小田原是加分車站。這也是這款遊戲教人感到奇怪的地方。只要玩家停在加分車站，就可以拿到幾百～幾千萬元不等的錢。蕾姬社長的資產就這樣增加為一億三百六十萬元了。

接著輪到「陽菜社長」——風魔。

她停在川崎，用八千萬元買了一家鋼鐵公司。

而我則是——

停在卡片販賣車站，於是買了一張「高速電車卡」。

這個高速電車卡是可以讓骰子數變成兩顆，也是一張足以破壞遊戲平衡的卡片。不過既然是拿在自己手上，就很不錯了。

話說回來，為什麼光是坐個高速電車就要花上三千萬元啦？

製作這款遊戲的傢伙，腦袋果然有問題吧？

『各位社長！來到五月囉～！』

第二輪開始，首先由理子擲出畫面中的骰子。

接著很紮實地停在加分車站，得到了一筆現金。

「哦～通貨膨脹率是指數四c左右呀？還真高呢，呵呵呵。」

「唔——我看起來是指數四b左右的啦。」

平賀同學回應著理子的自言自語。

……她們在……說什麼？

我雖然也是玩過姬鐵的人，可是那種用語我根本沒聽過啊。

「什麼通貨膨脹、什麼指數……妳們在講什麼？」

「咦——！欽欽不知道喔？太遜了啦～！」

理子把兩隻食指放在頭上當犄角，像水牛一樣戳著我的小腹。

於是平賀同學也有樣學樣，戳起我另一邊的小腹了。

「在姬鐵的世界中，物價會隨著通貨膨脹或緊縮而波動呀。加分車站、扣分車站的收支也會跟著變動啦！」

「那個比率有十五種模式，所以五月的時候要停在加分站或減分站觀察一下變動影響，這是鐵則的啦！」

像赤鬼、青鬼一樣在頭上做出犄角的理子跟平賀同學，一左一右地抬頭看著我。

（不……不妙啊……！）

我還是第一次跟這種連遊戲背景系統都瞭若指掌的高手玩姬鐵。

要是輕忽大意，搞不好就會輪到我被剝衣服了。

我可不想要在女生們面前被脫得只剩一條四角褲啊。

平賀同學接著用讓人懷疑她的手指是不是跟ＰＳ２連結成一體的神速擲出骰子……又再度停在卡片販賣車站，買了某張卡片。

果然——看她的動作就知道，她根本已經把哪個卡片販賣車站會賣什麼卡、順序是從上面數下來第幾個都全部記得一清二楚啊。

「接下來輪到我了。」

貞德露出凜然的表情，跪坐到ＰＳ２的前面。

但是因為她的上半身根本沒穿上衣，讓裝飾有花紋刺繡的內衣完全露出來，而且脖子上還像戴著項鍊一樣綁著一條蝴蝶結，看起來實在有夠蠢。

打扮一點都不像擁有兩億資產的社長的貞德，讓自己的棋子前進，停到靜岡的棋格上——

『貞德社長！是地名讀音猜謎喔！』

發生事件了。

姬鐵這款遊戲會像這樣隨機引發一些小遊戲，根據結果獲得獎金之類的……

『以森進一的演歌而出名的北海道海岬——「襟裳」！請問讀音是什麼呢？

① Erimo

② Kinmo

③ Kinmou

④ Kinchyaku

來，請回答吧！貞德社長！』

該死，還真是簡單的題目啊。

是 Erimo 啦，Erimo。題目上竟然還提供了「演歌」什麼的提示，未免太簡單了吧？

這下手頭現金第一名的貞德，又要賺錢啦。

就在我忍不住咂著舌頭的時候……

「……？」

貞德卻皺起她那對美型的眉毛，陷入沉思了。

貞德……

難道妳不知道「襟裳」怎麼讀嗎？

這麼說來——因為這傢伙講日文很流利的關係，讓我一時忘記了，不過她是個法國人。

想必她是對漢字或地名比較不熟悉吧。

連有名的演歌「襟裳岬」都不知道啊。

「我不會讀。真是沒辦法呀。」

貞德說著，隨便按了一下按鈕。可是——

『正確答案！答案就是①「Erimo」！增加收入一億元！』

就因為她游標停在①沒有動就按下按鈕的關係，誤打誤撞地答對了。

包括剛才的「紙漿廠卡片」在內，這就是所謂的「新手運」嗎？

理子&平賀同學這對高手搭檔，加上有新手運女神加持的貞德。

強敵有三個人啊……！

正當我這樣想的時候，這次輪到蕾姬——

喀啦喀啦……擲出骰子，出現六。

「……」

噗噗——

伴隨著火車汽笛的輕快聲音，蕾姬社長乘坐的黃綠色電車來到了濱松。

目的地——名古屋已經近在眼前啦。

在場的所有人都不禁露出焦急的表情。

「話說，蕾姬……妳剛才擲出來的也是六吧？」

聽到我這麼一問……

「是。」

蕾姬一邊把搖桿遞給下一棒的風魔，一邊若無其事地回答了我。

「妳運氣還真好啊。」

「不。」

「什麼叫『不』，連續兩次擲出六的機率只有三十六分之一，妳運氣真的太好了啦。」

「不。」

……

蕾姬……妳該不會……

「……妳是故意擲出六的？」

「是。」

聽到蕾姬一副理所當然的回答，連理子跟平賀同學都忍不住轉過頭來了。

「妳、妳是怎麼辦到的啊？」

「我看了幾次各位擲骰子的情況，而知道點數的出現方式了。」

「看……是看到什麼啦？」

「我看到各位在按下按鈕的瞬間，骰子上出現的點數。系統上的設定似乎是必定會出現背面的數字，所以我就在骰子顯示一的時候按下按鈕了。」

控……控制擲出的數字……！

這款遊戲連這種事情都辦得到啊？

在這款遊戲中，擲骰子的時候……首先，畫面中的骰子會自動翻滾。

而玩家要按下按鈕，決定自己擲出來的點數。感覺就有點像在玩轉盤遊戲……

但是蕾姬似乎可以隨自己的意思擲出想要的點數啊。

不過因為這樣一來遊戲就難以成立了，所以畫面中的骰子其實滾動得非常快，實在不是肉眼可以追上的速度。

然而，看來只要擁有S級狙擊手——蕾姬這樣超乎常人的動態視力，就可以看得到的樣子。

這傢伙果然是個外掛等級的角色啊。

（理子、平賀同學、貞德，再加上……連蕾姬都會這種招式……）

這場遊戲中根本都是強敵了嘛。

而且在這次的遊戲中，我跟蕾姬的隊友關係已經無關緊要了，因此我唯一的同伴就只剩下身為我手下的風魔。可是——

「嗚哇哇，為何會如此呀！」

那個風魔卻停在所謂的「扣分車站」上，平白損失了兩千五百萬元。

因為手頭上的現金不足，害她只好以半價出售剛剛才在川崎買到的鋼鐵公司了。

「呀哈哈！忍忍，妳太遜了吧！」

「『即使要繞遠路，也絕不要踏到扣分車站』是玩這款遊戲的鐵則的啦！」

兩位上級者戳著這位可憐的「陽菜社長」。

風魔靠不住啊……

她玩姬鐵的技巧實在太差勁了。一言以蔽之，就是腦袋太笨了啊。

看來她這次幫不上什麼忙。要是不趕快想想辦法，不管是我還是我的手下，都會被一網打盡啦。

「該死——風魔，把搖桿拿過來！」

我從「陽菜社長」手中把搖桿搶了過來。

接著毅然決然地使用了高速電車卡。

只要靠這東西，運氣好的話就可以一口氣衝到名古屋了。

不管那兩位高手怎樣巧妙地賺取資金、不管貞德多有新手運、不管蕾姬怎樣控制骰子的點數，都無關緊要了。

就好像進行亞魯・卡達重視的是子彈裝填數目一樣，在這種棋格遊戲中——

——骰子的數目就是一切啊！

無法隨意控制骰子點數的我，只能憑著氣勢按下按鈕。

「去吧！」

喀啦喀啦。

滾動的兩顆骰子，最後出現的點數是——

一，跟一。

（……未、未免太差了吧……！）

別說是到名古屋了，根本只能前進到熱海而已啊。

太不幸了。

真不愧是以運氣差而出名的二年級遠山同學。

我看我將來還是不要在現實世界中經營什麼公司吧，這樣也是為了世人著想。

看到我的電車「噗噗——」地只前進了兩格……

「金次，稍微振作一點行不行？在旁邊看都覺得很無聊呀。」

「小金加油！下次一定會很順利的！」

不知不覺間，亞莉亞就來到我的右邊，而白雪來到我的左邊了。

——太、太誇張了吧，這個？

居然讓兩位只穿著內衣的女孩子，一左一右對我斥責激勵啊。

想當然，這兩個人應該是在我臉上的透光眼罩有正常發揮作用的前提下，才這麼做的吧……

包覆著亞莉亞那像小孩子一樣身材的——白色內衣。

包覆著白雪那成熟身材的——黑色內衣。

被暴露著肌膚的美少女，而且還是風格截然不同的兩個人，一左一右地夾著。

對正常的男人來說，至少一定會有一方讓他感到中意，而享受著如天堂般的氣氛……要不然就是兩邊都很中意，而沉浸在宛如極樂淨土般的愉悅之中。

這麼說來，武藤曾經說過，在大人的世界中有一種酒吧，會有穿著內衣的女性幫忙客人倒酒。那恐怕就是像我現在這樣的感覺吧？

雖然那種酒吧通常都要花上為數可觀的金額才能進去，但我現在卻是抱著不惜花錢也要逃跑的心情啊。

而且接下來應該會有越來越多女孩子被脫到只剩內衣。

沒錯。即使是內衣天堂，對於背負著「爆發模式」這種炸彈在身的我來說，也只能算是地獄啊。

這就叫做四面楚歌了。我最後真的能夠安全生還嗎？

不久後，能夠控制骰子點數的蕾姬理所當然地抵達了名古屋——

『蕾姬社長，恭喜您！您是第一位抵達目的地的社長！居民們都熱烈歡迎您呢！來來，請收下獎金三億元！』

畫面上如此顯示著。

『最後一名，是陽菜社長！』

「嗚……太遺憾了是也……！」

距離終點最遙遠的陽菜社長——風魔，脫下一隻襪子，讓右腳裸露出來了。

不妙……手下開始被剝除裝甲。

我的狀況變得越來越不利了。

『接下來，貧窮妹妹將會跟著陽菜社長一起旅行！不要放棄喲！好啦～各位社長們，下一個目的地是青森！請大家加油吧！』

螢幕上顯示完這段話之後——在風魔的那輛紅色列車後面……

（啊啊……出、出現啦……！）

身穿破爛和服、像幽靈一樣的女孩子。

名副其實的窮神——

貧窮妹妹……！

『初次見面！咱的名叫貧窮妹妹，請多指教的呢！』

「嗚呀呀呀呀呀！」

風魔縮起身子發出尖叫，現場的緊張氣氛同時高漲起來。

——沒錯。

姬鐵這款遊戲，就是要等到貧窮妹妹登場之後才是重頭戲啊。

話說……

貧窮妹妹居然會附身在現實生活中也同樣很貧窮的少女——風魔身上，這也是一種命運嗎？

風魔顫抖著雙手擲出骰子，朝青森車站的方向出發……

『窮呀～！咱接下來要往反方向行進的呢！』

結果貧窮妹妹居然擅自重新擲出骰子，讓風魔又回到南關東了。

「嗚哇！」

「別、別過來啊！」

列車正好就在東海道東側的理子跟我，同時大叫出來。

因為要是被風魔的列車碰到，貧窮妹妹就會轉移到被觸碰的列車上啦。

那樣一來，就會傾家蕩產了。

「師、師父，太過分了是也！快救救在下呀！」

「面對貧窮妹妹，我也沒轍啦！妳自己想辦法！」

我擲出骰子，為了逃離風魔而往東海道西方前進。
雖然這樣會離新的終點青森越來越遠，但也是沒辦法的事情。
我就改從豐橋沿中山道往北行進，繞日本海的方向去青森吧。
──風魔──
仔細想想，不管是麻將還是撞球，妳都很聽我的話，勇敢為我奮鬥了啊。
妳是個了不起的忍者。默默為我完成了許多偉大的任務。
然而，一切也到此為止了。
『風魔　至今為止妳做得很好　感謝妳』
我又是摸著下巴、又是摩擦牙齒，對風魔送出暗號。
『……奉君之命　在下願為君而亡』
而風魔也是一下用手背擦臉、一下抖腳，用暗號回應了我。
雖然很可憐，但事態也不容我同情她了。
──在歷史上，忍者有時候是必須為君主犧牲的。
畢竟武士不能為了忍者而死啊。
妳就為了我，乾脆地脫掉衣服吧。
（原諒我，風魔……！）
好啦──在貧窮妹妹登場之後，玩家們的行動分成了兩種類型。

一種是完全不管終點在哪裡，四處逃竄的防禦類型。

平賀同學以及模仿她的貞德，就是屬於這類。

而另外一種，就是不惜背負有可能被貧窮妹妹附身的風險，也要從日本海方向繞到青森的攻擊類型。

利用控制點數的技巧六格六格前進的蕾姬，以及跟風魔私下結黨、知道自己不會被貧窮妹妹附身的我，就是屬於這個集團。

就這樣，遊戲又再度輪到風魔的回合——

『窮呀～！咱買了一張很棒的卡片的呢！看！是前進一格卡！要價兩億五千萬元的呢！』

呃……！

貧窮妹妹……

妳居然害風魔用超誇張的價格，買了一張根本沒有用處的卡片啊。

「什……！」

一臉錯愕的風魔，手頭上的金錢瞬間變成負數了。

陽菜社長這下背負了兩億元以上的負債——

然而，她的不幸並沒有因此結束。

『……哎呀？貧窮妹妹的樣子開始……』

叮叮叮叮♪　叮叮叮叮♪

伴隨著一段只要有玩過姬鐵的人，都會顫抖害怕的聲效——

畫面閃動了一下後，貧窮妹妹就——

『嘿呀～！咱是貧窮女王的呢！』

身子大了一圈，變身成穿了破爛十二單衣（註2）的女孩子。

剎那間，現場的氣氛變得更加緊繃了。

（……貧窮女王……！）

那是原本就已經很會惹麻煩的貧窮妹妹，偶爾心血來潮時會進化而成的最終型態。

她會讓玩家背負甚至可以讓一個小國家毀滅的負債，是個恐怖女王啊。

「風、風魔……！」

我透過眼罩，看到風魔——

——笑……笑了。

財產盡失、欠下負債、而且又被貧窮女王附身的玩家，精神狀態是常人無法想像的。

人類根本不知道在這種狀況下，到底該做出什麼表情才好。

註2　日本貴族所穿、最為正式的和服。

因此，只有笑了。不得已只好笑了。

「呵呵呵……這樣一來，在下就如同活死人。就讓在下抓個人一起下地獄吧！」

風魔說著宛如自己本身就是窮神似的話，身上頓時釋放出渾黑色的氣魄。

而被她那股氣魄捕捉到的人就是──

「嗚哇！」

理子。

列車依然還在東海道的理子，擲出的骰子很不幸地居然是一點。

──這下她完全逃不掉啦。

活該。

誰叫妳只不過是因為對遊戲稍微比較熟悉，就得意忘形而輕忽大意啦。

『好　風魔　把理子拖下水』

『遵命』

就在大家的棋子四處逃竄的時候，又再度輪到風魔的回合──

每個人都緊張地盯著遊戲畫面。骰子擲出來的點數是……六！

抓到理子啦──！

「峰殿下，納命來！」

風魔的列車追過理子，並且讓貧窮女王附身到理子的列車上了。

她抵達跟青森所在的方向一點關係都沒有的車站，同時成功陷害了理子。

「……呵呵，太天真啦。」

被貧窮女王附身的理子……得意地笑了一下。

接著輪到她的回合後，握起搖桿快速操縱。

好像使用了什麼卡片的樣子……？

『各位社長！集合吧！來開派對囉！』

……派對卡……！

那是可以讓所有玩家都集合到自己所在的棋格上，完全顛覆棋格遊戲概念的卡片。

理子竟然就挑在這個時機，使用了那張卡。

——大家的旗子都被集合到有貧窮女王附身的理子所在的棋格上。

在這種狀況下，會被貧窮女王附身的……是下一個擲骰子的玩家。

「哇呀呀……！哇呀呀呀……！」

就是剛才還在跟理子暢談高手心得的——平賀同學。

『窮呀～！嘿！咱把文文社長的土地一口氣賣掉的呢！嘿呀嘿呀嘿呀！』

平賀同學一點一滴買下來的店鋪，全都像不值錢的垃圾一樣被賣掉了……

價值一億元的貿易公司被賣成五十萬元，三千萬元的工廠被賣成十萬元……！

短短一回合中，原本占盡優勢的「文文社長」就淪陷了。

資產全滅，手頭上只剩下少許現金。
而且那些現金也有如風中殘燭。
因為貧窮女王還在平賀同學列車的後方，揮動著扇子，很有精神地跳著舞啊。
「抱歉啦～文文！那我先走一步嚕！」
把貧窮女王轉嫁給平賀同學的理子——
利用她祕藏多時的「新幹線卡」，一口氣擲出四顆骰子，逃了十八格的距離。
這下她已經徹底在安全範圍了。
突然被理子背叛的平賀同學則是……
「……嘻嘻，好一個理子的啦。」
用跟貧窮女王有點相似的講話方式說著，接著又咧嘴一笑。
這是……
一點一滴累積下來的財富瞬間盡失的人類，會露出來的自暴自棄表情啊。
這下變得難以預測平賀同學會做出什麼事啦。
畢竟光是她現在手上有什麼卡片都不知道了。
剛才被理子集合到御前崎車站的我們，為了避開平賀同學而四散逃竄——可是平賀同學卻完全追不上任何人。
或者應該說，是因為貧窮女王忽然擲出了十顆之多的骰子……

『嘿呀！列車回頭，用磁浮列車速度前進的呢！』

讓平賀同學，也就是文文社長，一口氣跟終點拉開了四十一格的距離。

她明明剛才還在東海道的……卻一下子被退到鹿兒島去了。

——結束啦。

平賀同學已經不可能到達青森了。

『嘿呀嘿呀！再來，嘿！』

還有啊！

『咱買了一張很棒的卡片！花了八億元的呢！』

竟、竟然還讓平賀同學欠下了負債……七億元以上……！

「哇呀呀呀呀……嗚……」

平賀同學用不太標準的姿勢跪坐在地上，陷入靈魂出竅的狀態了。

那樣子看起來就像以前的拳擊漫畫「小拳王」最後一集的畫面啊。

這下只要有人抵達終點，平賀同學就會因為是最後一名而脫掉一件＋欠下的負債而脫掉七件，總計八件衣服。

而原本就只有五件衣服可以脫，所以一口氣就會被剝到只剩內衣啦。

「唔，看來要是被那少女附身，就會變得很不利呀。」

事到如今才總算理解貧窮女王危險性的貞德社長，停在強制卡片車站上，抽到了一張「天使卡」。

這張卡片是可以讓跟貧窮妹妹正好相反的天使妹妹登場，莫名其妙地每回合默默為玩家增添數百萬元現金的不合理卡片。

看來貞德的新手運依然在持續的樣子。

不，不對，這種好運氣也未免太不尋常了。

這麼說來……我有聽過一個謠言。

那就是姬鐵這款遊戲在極少數的機會下會發動的隱藏系統——「新手優待模式」。

聽說那是讓一開始操作時手忙腳亂的玩家會有一段時間變得極為好運，使遊戲進行能保持平衡的系統……應該就是那個吧？

然而，現在才發現這件事也太遲了。

雖然我如果一開始也裝作玩得很手忙腳亂就好了，但現在講這種話也無濟於事啊。

就在剩下的五名玩家朝著青森的方向行進的時候——

再度輪到自己擲骰子的平賀同學忽然……

「被我騙了吧！的啦！」

一反剛才靈魂出竅的樣子，露出若無其事的表情握住搖桿。

緊接著發動了——「直升機卡」。

那是可以讓自己的棋子隨機飛到日本地圖中任何地方的卡片——

結果文文社長伴隨著「啪搭啪搭啪搭……」的直升機引擎聲，一口氣從鹿兒島瞬間移動到札幌了。

哇……！

看到窮神忽然北上，除了蕾姬以外的所有人都不禁發出慘叫。

另外，在這個回合中，平賀同學又因為貧窮女王的搗蛋而追加了五億元的欠債。

(不妙……)

平賀同學為了把貧窮女王移轉給其他人，打算通過青函隧道南下啊。

就在大家不安定地在東北地方亂竄的時候，平賀同學她——

「接下來！還有這個的啦！」

終於使用了她在遊戲一開始時買到的那張神祕卡片了。

難道說——那是……

叫人意外的就是……

——「意外均分卡」……！

「住、住手！」

即使我大叫也無濟於事……嗶！

卡片效果發動，畫面上出現了一個模仿平將門的角色。

『眾人聽好！金錢是必須流通於天下之物！流通流通，通通扯平！』

——嗚！

這張卡片一旦被使用，所有玩家持有的金錢都會全數被沒收，然後再平均分配給每一個人，簡直就像共產革命一樣。

而最恐怖的就是，這個規則**也適用於欠債**啊。

無論是平賀同學背負的十二億欠債，還是風魔那相對之下還比較可愛的兩億欠款，通通均等分配給我們六個人——我、理子、貞德與蕾姬一點一滴存下來的小錢根本無法填補這個大洞……

結果大家都只好乖乖背負每人兩億多元的欠債了。

而且平賀同學居然還進一步地……

「我要妳血債血還！的啦！」

使用新幹線卡，衝向距離青森只剩一格距離的理子。

「嗚哇……！」

貧窮女王就這樣……漂亮地被轉移到發出尖叫聲的理子身上了。

真不愧是高手之間的對戰——卡片的使用方式毫不留情啊。

「……妳很行嘛……」

雖然理子緊咬著牙根，撂下狠話。不過……

『嘿呀嘿呀！咱把理理社長的資產全都賣光光的呢！』

『再來，嘿呀！列車回頭的呢！骰子十顆的呢！』

『理理社長！給咱的遊女屋一筆錢吧！就算要借錢也給咱一筆錢吧！嘿！』

看到瘋狂亂搞的貧窮女王……

理子再也說不出話來了。

而在一旁……輪到自己擲骰子的我……

「……哦！」

擲出的點數，剛好可以抵達青森。

「——我拿下啦！」

帶著宛如劫機事件當時使出揮刀斬彈的爽快感——

噗噗～

我的電車抵達了青森。

『金次社長，恭喜您！您是第一位抵達目的地的社長！居民們都熱烈歡迎您呢！來來，請收下獎金三億元！』

成功啦……！

我不僅讓欠債一筆勾銷，還多賺了一億元。

而且，我抵達終點也同時兼顧了擴散攻擊的效果。

根據我追加的規則——宛如碎裂性手榴彈被丟入敵陣似地，除了我以外的所有人都因為欠款兩億元而必須脫掉兩件衣服。

而理子因為是最後一名的關係，還要追加一件，總共脫三件。

『下一個目的地是——那霸！請各位社長加油吧！』

「太遠了吧！」

嗚哇，理子大叫了。

不妙，她好像真的火大起來啦。

額頭上冒出血管的理子，露出憤怒的表情「唰！」一聲脫下充滿荷葉邊的上衣，用力朝我丟過來。

蜜糖金色的華麗內衣完全露了出來。接著左右兩腳的襪子——被用力丟到毫無關係的蕾姬與貞德身上。

「～～嗚～～！」

用力咬牙切齒的理子，看來是遇上自己快輸掉的狀況……就會藉由威嚇敵人，好讓自己取勝的類型。

就是偶爾會有這種人啊。

一旦自己快輸的時候就會明顯變得很不愉快，然後釋放殺氣誘導敵人失誤的傢伙。

「哇呀～！理子變成恐怖理子的啦！」

平賀同學在對著理子架起來的機動隊盾牌（不知道是什麼時候、從什麼地方拿出來的）後面，脫下欠債兩億元的份……也就是兩隻襪子。

貞德與蕾姬也乖乖脫下左右兩隻襪子——

而風魔則是脫下左腳的襪子，以及藏了一堆卍字形飛鏢的裙子……在眾人面前露出了她明明身為女人卻莫名其妙總是穿在下半身的兜襠。

話說……我還以為妳會先脫掉上衣的，為什麼要先脫裙子啦？

難道妳有什麼難以脫掉上衣的理由嗎？

「我已經……不會再手下留情囉……！因為我只剩下一件衣服啦！」

只不過是在玩遊戲而已，就認真生氣起來的理子，環起手臂狠狠瞪向周圍的人。

那眼神……變得像刀刃一樣銳利。

——就是她還被人稱為「武偵殺手」時的眼睛啊。

而且那銳利的程度，我過去也只有在劫機事件時，還有對戰弗拉德時看過而已。

那就是理子開始認真起來的證據。

話說，妳不要為了區區一款姬鐵，就變身成**裡**理子行不行？

「接下來，我會把你們全部的人一個接一個收拾掉。給我乖乖等著看！」

面對身上釋放的氣勢彷彿會殺掉所有人似的理子，大家都不禁縮起了身子。

當中依舊若無其事的，只有蹲坐在地上的蕾姬……

還有天不怕地不怕，或者應該說是以「不會看氣氛」聞名的貞德而已。

「接下來輪到我了。」

只剩下蝴蝶結與裙子、變得打扮怪異無比的貞德，拿起搖桿後……

「唔……我就偶爾來學學大家使用卡片吧。」

連詳細說明都沒有看，就隨便使用了一張她在強制卡片車站拿到的卡。

貞德使用的卡片——

就跟平賀同學剛才一樣，是「直升機卡」。

雖然這張卡會隨機選擇目的地，但是在距離終點有四十格以上距離的狀況下，也不能算是錯誤的戰略。不過她本人看起來應該是隨便亂選一張卡的啦。

……啪搭啪搭啪搭……

原本在八戶的貞德社長，搭著直升機飛行……

經過東北……關東……東海……

沿著日本列島不斷南下。

關西……四國……九州……

喂、喂喂喂？

甚至還飛越了中國東海啦……！

「……！」

就在大家瞪大眼睛注視之下，貞德社長的直升機——

竟然一桿進洞，直接抵達那霸了。

『貞德社長，恭喜您！您是第一位抵達目的地的社長！居民們都熱烈歡迎您呢！來來，請收下獎金三億元！』

怎麼會有……這種事！

看來這果然是「那個」啊。

是姬鐵的隱藏設定——「新手優待模式」發動了。

就這樣，裡理子還來不及拿出真本事……勝負就分出來了。

因為我說過「欠債一億元脫一件的規則只適用到第二次抵達終點」的關係……

這次就只有最後一名的人要脫掉一件衣服了。

沒錯。最後一名正是——

『最後一名，是理理社長！』

「……嗚……！」

面對一臉難以置信地看著螢幕的理子——

「來！快脫掉！嘗嘗跟我們一樣寒冷的感受吧！」

「太好了！在小金面前露出丟臉打扮的同伴又增加了呢！」

從地獄爬出來的死者們撲了上去，把她身上充滿荷葉邊的改造制服……的裙子

「唰！」一聲剝下來，丟到半空中。

「理子怎麼可能會輸！一定是PS2被動了什麼手腳呀！」

聽到理子瘋狂大叫，亞莉亞跟白雪兩人齊上，「那是妳自己的遊戲機吧！」「不要再掙扎了！」地使出後背摔——

把理子摔了個倒頭栽，讓那件光澤耀眼的金色內褲朝天翻起。

總算讓她安靜下來了。

雖然主持人失去了意識——不過第三輪的比賽也就這樣分出勝負了。

我趕緊看了一下時鐘，花掉的時間總共九分鐘。

這也是多虧貞德的好運，讓比賽花費的時間比我預期的還要短。

我的賢者爆發剩下的時間是——十六分鐘。

生存下來的玩家有平賀同學、貞德、蕾姬與風魔。

照我剛才的計算，原本應該是每五分鐘脫光一個人的，但現在變成必須每四分鐘脫光一個人了。

不過——狀況還不差。

畢竟所有人都已經被脫掉幾件衣服了啊。

風魔剩下一件、貞德兩件、平賀同學與蕾姬各三件。

——給我做好覺悟吧。

我接下來要加速脫光妳們的衣服啦。

4彈　作弊骰子已經擲出

脫裝桌遊（Cast Off Table）。

暑假期間的某一日大晴天，當一般的學生們都很健康地在從事戶外活動的時候……我們卻窩在開有空調的密室中，進行著一場不健全的賭博大會。

而且賭注竟然是自己身上的衣服，真是不健全到了極點。

——我現在身處的理子房間中，呈現著一片極為異常的情景。

首先……就是這間房間裡堆滿了古今中外各式各樣的遊戲道具。

從麻將到撞球桌、輪盤到飛鏢靶應有盡有，教人不禁想吐槽：這是哪裡的賭場啊！

如此徹底的蒐集成果，實在很像為了遊樂不吝嗇於消耗精力的理子會做的事。

而更為異常的就是，在遊戲過程中輸到身上只剩內衣的女孩子們，在房間中到處走動的情景。

「好像開始有點熱了呢，我要把冷氣溫度調低囉。這裡沒有冰牛奶之類的東西可以喝嗎？」

首先，是在麻將遊戲中徹底輸掉的亞莉亞。

她身上那套純白色布料搭配零星撲克牌花紋的小孩內衣，毫不隱藏地露了出來。

因為她一點也不忌諱地在沙發上盤腿坐著，著實讓我感到很受不了。

於是我為了不要看到她，而裝作若無其事地把視線別開，結果——

「我看看喔，規則書上有寫說『可以使用冰箱裡的飲料』……是指這臺冰箱嗎？啊，有好多飲料在裡面呢。」

在撞球遊戲中接連失誤，讓身上同樣也只剩下內衣的白雪映入我的眼簾，讓我感到非常頭大啊。

她明明就只是個高中生，身上竟然給我穿著黑色的內衣。

那是一套裁縫精緻、看起來就很昂貴的成人女性內衣。

感覺應該是絲綢製成的薄薄布料底下，肌膚的顏色隱隱約約透露出來，未免太妖豔了吧？

「那小雪，就麻煩妳幫大家拿飲料過來吧！在下一場遊戲開始之前，先來休息一下！」

愚蠢地用雙手敬禮的理子，正是這場愚蠢遊戲大會的主辦人。

她現在也已經在大會中遭到淘汰，只穿著蜂蜜金色的內衣在房間內走來走去。

在剛才那場「輝夜姬電鐵」遊戲中，不願認輸的理子像隻瘋猴子一樣暴動起來，結果被莫名其妙在這種時候特別有默契的亞莉亞與白雪賞了一頓雙人飛踢啦、三明治式套索擒摔等等的雙人摔角技，而變得比較安分了……如果就這樣保持安分就很好的說，可是她復活之後，卻又變回活潑好動的麻煩製造者・理子小姐了。

話說，我總覺得她被脫到只剩內衣之後，好像變得更加好動了啊。

難道她有什麼暴露狂的傾向嗎？既然是理子，就算有我也不覺得奇怪啦。

「——我要冰咖啡。稍微加一點糖漿。」

說著這句話的貞德，身上的打扮以異常程度來說是最為異常的了。

在這個脫衣遊戲大會「脫裝桌遊」中，規定是輸的人要脫掉一件衣服，不過並沒有規定脫的順序。

因此照常識判斷，女生們應該是會照著蝴蝶結↓左右襪子↓上衣↓裙子的順序脫掉才對。但畢竟這裡是沒常識者的巢窟——東京武偵高中，身為沒常識者選拔賽代表的貞德竟然做出了「先脫掉上衣」這種暴舉。

所以她現在上半身是穿著白色的塑形內衣……搭配還沒有輸掉的蝴蝶結而已。雖然裙子還留著，但襪子已經沒了。

就算那是她在剛才的撞球遊戲中為了戰術考量造成的結果，但如果只看現在的打扮，根本就是女版的變態狂了啊。

（話雖這麼說……不過我也沒資格講別人啊……）

雖然我看不到自己的樣子，但這群人當中看起來最像變態狂的人，應該就是我了吧？

我身上的衣服是除了襯衫以外都還留著啦，可是問題就在頭部。

明明是在一間明亮的房間中，我卻戴著一副像夜視鏡一樣的「透光眼罩」，看起來就像電影「X戰警」中登場的獨眼龍一樣。

而且這副本來應該會用光線遮住女孩子的身體，讓我看不到的眼罩，現在一點都沒有發揮功能。

因此，我現在的視野可以說是相當清晰。

哎呀，畢竟這是以「能製造出這種誇張道具，代價是故障率很高」而聞名的平賀同學所做出來的東西，會壞掉也是沒辦法的事情。

但問題就是，我可以看見女孩子們那些有失體面的樣子啊。

再加上女生們都認為「金次看不見」的關係，而毫不隱藏地把自己穿著內衣的樣子暴露在我的眼前了。

要是我這時候說出「呃~抱歉抱歉，這副眼罩好像壞掉了，我可以看見妳們的內衣喔」之類的話……

普通的高中女生應該頂多叫一叫「呀~！討厭啦！變態！」就沒事了吧？（說到底，普通的高中女生根本就不會參加這種瘋狂的遊戲大會啊。）

然而，這裡是武偵高中，學生們有義務要隨身攜帶手槍跟刀劍，是全日本最危險的女高中生們聚集的學校。

因此，緊接著「呀～！討厭啦！變態！」之後，一定會有「碰磅！唰！」之類開槍或是利刃刺入人體的聲音啊。

——所以我不能說。

我必須要隱瞞著眼罩故障的事情，繼續戰鬥才行。

然後在眼罩故障的事情被發現之前，趕快脫離這間房間。

這就是我唯一的生存之路。

但是……能夠讓我走完這條路的時間，非常短。

賢者爆發模式能持續的時間，只剩下十六分鐘左右了。

一旦時間用完——就好像眼鏡蛇聽到笛聲會從壺裡探出頭來一樣——我的通常爆發模式就會復活了。雖然不想承認，但這都是因為我自己太年輕的關係。

——萬一我進入了爆發模式，就會引發比眼罩故障被人發現還要嚴重的狀況。

變身成為一名超級花花公子的我，一定會對現場這七名美少女們做出非常不得了的事情。非常、非常、非常不得了的事情……！

簡單講，就是金次無雙的狀態了。那實在是非常糟糕的事態。雖然理子應該會說那是「後宮結局」什麼的，但對我來說根本是死亡結局中的死亡結局。

因為到了事後，我一定會遭到女生們成立的「遠山金次被害者協會」集中攻擊，而且成員們還會全部佩帶武裝上陣啊。

所以我無論如何，都要在十六分鐘內快速打敗所有生存下來的參加者——讓這場遊戲大會——脫裝桌遊盡早結束才行。

因為我在剛才的「輝夜姬電鐵」遊戲中幸運成為了第一名，理子說我有權選擇下一個遊戲項目，於是我轉頭環顧著房間內。

畢竟我有時間限制，所以必須要選擇能夠盡早分出勝負的遊戲才行。

然而，如果像剛才的撞球那樣有人很擅長的話，對我又很不利。

因此我尋找著個人技術不會造成太大差別的東西……

找到啦，有個不錯的東西呢。

「——就骰子吧。接下來用這個來比賽。」

我抓起放在麻將桌上的骰子，戴著眼罩轉回頭——

結果理子就「啪啪！」地拍著手跳了起來，讓她那對被男生們稱作「童顏巨乳」或是「微型炸藥身材」——也就是跟嬌小的身體毫不相襯的雄偉雙峰跟著彈跳了一下。

「好耶~欽欽！骰子超有趣的！是賭博的王道呢！」

她接著像飛機一樣張開雙臂，跑到房間深處……

拿了一個扁扁的箱子回來。

「那是啥啊？像蜂窩一樣。」

「……」

「不，看起來比較像寶石核呀。」

「好像拿來分類螺絲釘或螺帽的工具盒的啦～！」

「是拿來放中藥的盒子嗎？」

我、蕾姬、貞德、平賀同學與風魔各自陳述著自己的感想……探頭看向理子拿來的箱子。

箱子是用木頭製成，被分成好幾個看起來能收藏戒指或項鍊的小格子。密集排列的小蓋子，有十行十列，總共一百個小格子。從外觀看不出來裡面究竟裝了什麼東西。

「這是理子到處蒐集來的骰子喔！裡面有材料特殊、看起來很可愛的骰子，或是可以拿來炒熱氣氛的老千骰子呢！」

……這傢伙忽然是在說啥啦？居然擺明就說什麼「老千骰子」。

所謂的「老千骰子」是一種賭博用語，就是指拿來**作弊**的骰子。

也就是說，那箱子裡裝了各式各樣的骰子就對了。

「不過，裡面有些小格子裝的只是普通的骰子喔！接下來就要讓生還下來的欽欽、蕾Q、貞德、文文跟忍忍各自挑選小格子然後打開。不過每個人只能打開五次，就算打開之後覺得裡面的骰子不喜歡，也必須要用那個骰子來比賽！」

聽著理子語氣興奮地說明著——

我終於多少明白這場脫裝桌遊中的骰子遊戲是什麼樣的東西了。

說到底，在這次的遊戲大會中，作弊是被「認可」的。

然而在這個骰子比賽中，還是有一點不一樣。

那就是可以使用「老千骰子」——也就是以作弊為「前提」的規則。

這樣一來，講究的就不只是運氣或天賦，還有必要考量到戰略層面才行。

「順道一提，有些小格子裡裝的骰子不只一顆喔！好啦！為了不要被其他參賽者看到，大家就輪流到房間深處打開盒子，獲得自己命運中的骰子吧！首先從欽欽開始！」

——作弊骰子，通稱老千骰子，有各式各樣的類型。

最常見的就是「Loaded」。乍看之下很像普通的骰子，但其實內部藏有重物，讓骰子容易擲出特定的點數。

還有把幾個角磨得稍微比較圓，讓擲出點數的機率不平均的「Bevels」；看起來很像正立方體，但實際上是長方體的「Flats」；內部裝有磁石，讓骰子在鐵製的桌子上可以骰出特定點數的「Magnetic」。這些都是自古以來就有的老千骰子。

（這個骰子收藏箱從外觀看不到裡面裝的東西……既然看不到，就只能靠直覺打開啦。）

於是我隨便打開了當中的五個小格子。

結果——當中有四個小格子中都裝了一張紙，上面有理子那教人火大的圓滾滾文字寫著「普通的骰子」，以及看起來真的一顆只賣十元的普通骰子。

不過，我最後打開的小格子中，裝著兩顆一組的「Cut edge」。

這是正立方體的十二個邊中，有三個邊稍微被磨圓的老千骰子。

雖然磨圓的程度乍看之下看不太出來……不過當這些邊接觸到桌面的時候，會比較容易翻滾。換言之，就是擲出點數的機率會不平均了。

我偷偷在花瓶後面實際嘗試擲了幾次……這兩顆骰子都有百分之八十的機率會出現四、五、六的點數。

這真是太好啦。雖然作弊手法如果被對手發現的話，就要當場被脫到全裸，不過畢竟這兩顆骰子都不是很明顯地每次都擲出六，而且根據規則書上的規定，參賽者不可以觸碰其他人的骰子，或是接近到三十公分之內，所以應該不會被發現才對。因為就連我本人都必須要用手指觸摸，才能感覺出骰子的邊有被磨圓啊。

就這樣，我們都在其他參賽者看不見的情況下，拿到了各自的骰子。

「好啦！各位都拿到自己的骰子了吧？不論是普通的骰子還是老千骰子，都只能使用一次喔。當有任何一個人脫掉了一件衣服，那一回合中使用過的骰子就要全部回收！萬一不夠用的時候，可以再打開箱子拿骰子呦！」

理子「喀啦喀啦」地搖動著骰子蒐集箱說道。

好啦──目前的生還者是我、蕾姬、平賀同學、貞德與風魔。

我身上的衣服剩下汗衫、褲子、左右襪子，總共四件。

蕾姬與平賀同學都是蝴蝶結、上衣與裙子共三件。

貞德只有蝴蝶結與裙子，兩件。

而我的祕密手下──風魔最慘，只有上衣一件而已。

來，開始吧，脫裝桌遊第四回合。

與我們的命運一同翻滾的──骰子比賽。

身上只穿著金色內衣卻依舊若無其事地擔任主持人的理子，在五名參賽者坐到桌旁後，開始唸起規則書上的內容。

「呃～讓我們再複習一次規則。骰子要用手擲出。另外，不管任何狀況下，朝向天花板的面就是擲出的點數！」

廢話！

不要說那麼多了，快點開始啦。我的賢者爆發可是只剩下十五分鐘而已啊。

「再來，骰子比賽中，會適用『預賽・決敗賽』與『蟻獅陷阱』的規則喔！」

「預賽・決敗賽……？蟻獅陷阱……？」

我聽到這些感覺好像會很花時間的規則，忍不住發出不滿的聲音。結果理子就用規則書敲打桌面說道：

「在骰子比賽中，首先會進行預賽！在預賽中輸掉的兩個人，就要一對一進行跟決勝賽剛好相反的決敗賽！在決敗賽中輸了，就要脫掉一件衣服！」

該死，根本就是很花時間的規則啊。

骰子比賽根據使用的規則，有時候幾秒鐘就能分出勝負。所以我才會選擇這個項目的。可是純粹希望享受遊戲樂趣的主辦人理子……卻設計了可以讓氣氛被炒熱的規則是嗎？

不過——哎呀，不管怎麼樣，骰子就是骰子。一樣會比其他遊戲項目還要快結束的啦。

「另外，就是『蟻獅陷阱』規則！在決敗戰中輸掉的人，下一輪比賽就不能參加預賽，要直接進行決敗賽！換句話說，如果沒有在決敗賽中獲勝，就沒辦法從脫衣服的危險中脫逃出來囉！」

也不知道看女生脫衣服到底有什麼好開心的，理子超級興奮地翻開規則書說道。

（「蟻獅陷阱」嗎……這項規則對我來說就很不錯了。）

——這應該可以視為某種集中攻擊規則吧？

也就是說，只要有人踏入了蟻獅陷阱，就很有可能會一路被脫到只剩內衣了。就好像掉入蟻獅製造出的陷阱一樣，越是掙扎就會陷得越深。

根據依然維持亢奮狀態的理子繼續說明的規則，第一場先由理子決定要玩丁半、十八啦還是比大小之類的，接著由預賽中獲勝的人決定下一輪的項目。

「那麼，第一場是要玩什麼啊？」

想要讓比賽快點進行的我不耐煩地問道。於是——

「哎呀，一開始就先當作熱身，玩單純的比大小吧！為了讓出現同點數的機率減少，使用兩顆骰子！出現點數最少的兩個人，就進行決敗賽！」

理子露出像小惡魔一樣的笑臉，對我們如此宣告了。

——第一場比賽，是使用兩顆骰子的比大小。

為進行預賽做準備……參賽者們圍繞在光滑的圓桌邊，各自挑選自己要用的骰子。因為不管結果如何，這次用過的骰子在分出勝負之後，都會被理子回收的關係，所以究竟是要在一開始就使用老千骰子呢？要用的話應該要用哪一種呢？還是假裝自己使用的是老千骰子，實際上卻使用一般的骰子呢——參賽者們必須要擬定自己的戰略才行。

我稍微思考了一下後……

（這次就用一般的骰子吧。）

決定把我手頭上的老千骰子保留下來了。

理由有兩個，都相當單純。

首先，最單純的理由就是，我手上的老千骰子很少。

要是在第一場比賽，而且還是預賽中就用掉，未免太浪費了。Cut edge 應該要拿來當作我的王牌才對。

另一個理由就是，比賽會分為「預賽」與「決敗賽」兩個階段的關係。

換言之，即使我輸了，還有挽回的機會。

就算在預賽中落敗，只要在決敗賽中獲勝就行啦。

「好啦～！那麼第一輪預賽開始囉！」

一臉愉悅的理子，與亞莉亞、白雪分工合作，在每位參賽者的面前各放了一個玻璃壺。

大約有一個馬克杯大小的透明壺，壺口稍微比較窄。

原來如此，這是為了防止有人用指尖作弊對吧？

「請各位在壺中擲入兩顆骰子吧！預備～開始！」

喊著開始信號的理子不知道從哪裡拿出了一個哨子，吹了一聲。於是我們各自──丟了兩顆骰子到自己的玻璃壺中。

……喀啦喀啦……

大家的骰子不斷翻滾──最後露出點數。

合計值是：風魔十二、貞德七、平賀同學五。

蕾姬是……三。

而我的點數則是……一跟一，也就是合計二。

（……該死！）

為什麼在這種時候也要發動我的不幸技能啦……！

「──好，預賽結束！恭喜欽欽跟蕾Q晉級到決敗賽！」

叭──叭──

又不知道從哪裡掏出喇叭吹著的理子，在我眼中看起來就跟真的惡魔一樣。

唯一的救贖就是，正如我的預想，勝負在一瞬間便分出來了。

（話說回來……沒想到蕾姬竟然會來到決敗賽啊。）

在麻將中靈巧的技術、撞球中狙擊的應用技巧、姬鐵的動態視力，蕾姬發揮了各式各樣彷彿開了外掛般的能力……不過在這個玻璃壺中，似乎無用武之地的樣子呢。

「雖然我們在麻將比賽中是同伴，不過這次就是敵人啦。」

我偷偷握著 Cut edge──也就是高機率可以擲出四、五、六的老千骰子，並對蕾姬如此說道。

「你說得沒錯。」

而如此回應我的蕾姬，拿出來的骰子……似乎也不是普通的骰子啊。

接下來就是一場跟運氣天賦無關的比賽了。

「那麼，就開始決敗賽吧！」

自以為是摔角裁判的理子，讓我跟蕾姬分別站到桌子的左右兩邊。

互相面對面的我跟蕾姬，各自從白雪與亞莉亞手中接過一個清空的玻璃壺——放到桌上。

（……？）

蕾姬好像把壺的位置放得離自己比較遠的樣子。

看來她似乎有什麼策略啊。

「在決敗賽中，請依序擲入一顆骰子到壺中！首先是欽欽！」

「好。」

我很快地將第一顆 Cut edge 丟入壺中。

喀啦喀啦喀啦……在壺中滾動的骰子，出現的點數是……

六。太漂亮啦！

看來我這次的運氣不錯，八十％×三分之一的機率下，出現了最高的點數啊。

周圍的觀眾們也「哦哦～」地發出些許興奮的聲音。

「接著是蕾Q！請丟！」

蕾姬就算看到我擲出了六，也依舊露出若無其事的表情——把骰子丟向天花板。

（……？）

那顆骰子……

是海綿製的啊。

飄、飄、飄啊飄……

而且從它像氣球一樣長時間維持在空中的樣子看來，那是密度相當低的海綿。

而且骰子中間似乎是挖空的，宛如羽毛般輕盈。

真要形容的話，就是極輕骰子。

看來蕾姬是從理子的蒐藏品當中，抽中了這個特殊的骰子啊。

（那與其說是老千骰子……其實也只是材料比較特殊而已嘛。）

像水母一樣沿著不安定的軌跡，一邊旋轉一邊飄下來的骰子……

很漂亮地掉進距離蕾姬稍微有點距離的玻璃壺中了。

最後落在壺底，確定了點數。

也是……六。

哦哦～

大家都不禁發出了讚嘆的聲音。

「哦～點數相同呢！比賽變得有趣起來啦～！」

理子就像在進行比賽實況轉播一樣，連同自己的胸部一起用力跳動著。

這下……狀況不妙啊，對我來說。

蕾姬雖然什麼話也沒講，不過剛才的六……十之八九是她刻意擲出來的。

可是，她究竟怎麼辦到的？

「……接下來輪到金次同學了。」

蕾姬這樣說著——

……！

又拿出了一顆同樣的海綿骰子啦。

原來那個特殊骰子，也是兩顆一組的啊？

（不妙……！）

我的 Cut edge 能夠期待的點數是四～六。

可是如果蕾姬能夠照自己的意思擲出六點的話，我輸掉的機率就很高啦。

（必須要看穿那傢伙使用的伎倆才行……！）

我目不轉睛地盯著蕾姬的玻璃壺。

那顆骰子是海綿製成的。

如果說……讓它沾一點水之類的話，應該就能操縱擲出的點數了。

我雖然這樣想著，並透過眼罩仔細觀察，但感覺並不是那麼一回事。

再說，那骰子剛才飄在空中的感覺，並不像是含有水分的物體會有的飄動方式。

——不對，不是水。

蕾姬是利用別的方法，活用了那個骰子輕盈的特性——擲出六點的。

「好！那麼欽欽！請擲出第二顆骰子！」

「——小金加油！」

或許是看到我痛苦的表情（雖然能看到的也只有鼻子以下而已啦）而感到擔心了，身上只穿著一套黑色內衣的白雪從一旁為我打氣著。

但是，就算被打氣，骰子的點數也不會改變啊。

妳是要我怎麼加油啦？

亞莉亞似乎也跟我想著同樣的事情……

「真笨呢，骰子比賽是要怎麼加油嘛。」

於是她在平坦的胸部前環起手臂，代替我吐槽白雪了。

「亞莉亞吵死了——那種一吹就飛的骰子，根本沒什麼好怕的呀！」

白雪莫名其妙火大地反駁著。妳才吵死了啦。

我心中這樣想著，同時——喀啦！

聽天由命地把骰子丟入了玻璃壺中。

出現的點數是……五。

「……嗚……！」

我的兩顆骰子擲出的點數合計，是十一。

如果蕾姬真的可以照自己的意思操縱點數，那我就等於是確定落敗啦。

然而，在我的腦中──因為這個衝擊性的事實，而忽然回想起白雪剛才說過的話了。

（一吹就飛的……骰子……）

──這句話讓我感到非常在意。

「那麼接下來，蕾Q！」

「……」

被理子叫到名字後，蕾姬又立刻把骰子丟向天花板了。

海綿製的極輕骰子，再度飄呀飄地……漂浮在半空中。

我在一片緊張的氣氛中，目不轉睛地盯著那顆骰子──

「──！」

我知道啦……！

「原來是那麼一回事！」

我一邊大叫，一邊繞到桌子的另一側。

然後站在剛好距離蕾姬的玻璃壺三十公分的位置上——

趕緊掀起自己的汗衫。

「——已經要脫囉？以金次個性來說，還真是乾脆呢。你是認輸了對吧？」

我對亞莉亞說的話充耳不聞……「啪！」地一聲，用高舉的雙手撐開汗衫，讓它變得像船帆一樣。

這動作簡直就像是在打旗幟信號……或者應該說根本就像個變態。但這也是為了獲勝啊。

我管不了那麼多了。

「數、數位相機呀！」

白雪大叫著莫名其妙的話，原地繞起圈圈來。但我依舊沒有理會她——

繼續維持著姿勢不動。

「……」

蕾姬的眼睛動了一下，看向我的方向。

雖然她依舊面無表情，不過這下我確信了。

沒錯，她是個S級的狙擊手——是**觀察風向**的天才。

她想必是彷彿到處都有箭頭指示一樣，可以看見房間內的氣流動向吧？

包括我現在背對的**冷氣機**吹出來的風也是。

她就是看出風的流向——計算自己應該怎麼丟、讓骰子怎麼飄，會出現什麼點數。

——一吹就飛的骰子。

正是因為如此輕盈的骰子，才讓蕾姬能使出如此誇張的手法啊。

「不出我所料。」

我小聲呢喃，並看到眼前蕾姬的骰子……

因為被我用汗衫遮住了風，而沒有順著蕾姬原本計算出來的軌道飄落……應該要掉入壺口的骰子，一瞬間落在壺口的邊緣上了。

那個瞬間出現的點數雖然是六，但骰子緊接著又從邊緣掉入壺中……

翻轉半圈——變成1了。

「哦~~!大逆轉——————!欽欽獲勝~!」

在理子主播的面前，我不禁鬆了一口氣。

「太好了，小金!最後的勝利果然是屬於正義的一方呀!」

只穿著內衣的白雪忽然撲過來想抱住我，於是我趕緊將她推開……

「——別怨我啊，蕾姬。畢竟這是比賽。」

並且將汗衫穿回身上，如此說道。

「我知道。」

蕾姬很難得地，似乎想要讓自己冷靜下來……

而拿起剛才白雪分給大家的飲料，喝了一口後，放回桌子上。

接著又將自己剩下的骰子放在杯子旁，「喀、喀」地用手指戳動著……把全部的骰子都戳成像日本國旗一樣的一點。那大概是蕾姬表現自己不甘心的一種方式吧？

「我也是一樣，打算要贏過金次同學的。」

蕾姬說著，用她纖細的手指——毫不猶豫地解開胸前的蝴蝶結了。

雖然她如果一邊害羞著一邊解開，我也覺得很「那個」。不過像她這樣一臉平淡地解開……不知道為什麼，莫名地也有一種煽情的感覺啊。

「哦哦~蕾Q，這下妳只剩下上衣跟裙子了喔！呼呼呼~」

理子把蕾姬脫下的蝴蝶結緞帶放在自己頭上，轉著圈圈跳起舞來。

「再、加、上！根據『蟻獅陷阱』規則，蕾Q在第二場比賽中也晉級到決敗賽啦！妳最好先決定好脫的順序喔~？是要先脫上衣呢？還是先脫裙子呀？」

理子隔著蕾姬的上衣與裙子，用雙手的食指輕輕戳著她的身體……

但蕾姬卻毫不在意，像假人一樣動也不動地站著。

第二場比賽的項目，由預賽中獲得第一名的風魔提案之下，決定是「丁半」了。

所謂的「丁半」，就是由主持人擲出兩顆骰子後，由玩家猜出點數合計是奇數還是偶數的一種賭博遊戲。

那是一種在江戶時代就已經存在，古裝劇中很常看到的一種玩法。

——風魔那傢伙，選的東西還真是古典。

再加上她說話的語調也很復古，簡直就像從江戶時代穿越時空而來的女高中生啊。

「好啦，客官們聽好囉？聽好囉？剛好可以被二整除的點數叫『丁』，不能整除的就叫『半』喔？」

理子淺顯易懂地說明著，並拿出一個杯子形狀的容器——也就是所謂的「骰盅」，丟了兩顆普通的骰子進去。

根據規則書，在預賽中擔任主持人（在丁半用語中稱為「搖盅人」）的，是在前一項遊戲中被淘汰的人，也就是理子了。

似乎想當搖盅人想到受不了的理子，愉快地搖著骰盅……

「碰」地一聲，把裝有兩顆骰子的骰盅蓋在桌面上了。

從骰盅裡傳來骰子滾動的聲音……最後停了下來。

「誰要押丁！誰要押半！呵呵呵！」

「我押——半。」

「在下跟師父一樣，押半。」

「那我也押半吧。」

「那文文就偏偏要押丁的啦！」

我、風魔、貞德與平賀同學各自說出了自己要押注丁（偶數）還是半（奇數）。

「OPEN！」

莫名其妙忽然變成說英文的理子打開骰盅，點數是五・二。

「五・二半！文文晉級決敗賽！」

「哇呀呀呀！」

就這樣——

骰子比賽的第二回合，丁半賭博的正賽……變成平賀同學vs蕾姬的單挑場面了。

關於這個丁半賭博，「脫裝桌遊・規～則書☆」中也寫了兩項特殊規則：

・在決敗賽中使用的骰子，由對決的兩個人當中剩下衣服比較少的一方提供。

・在預賽中獲勝的人當中，剩下衣服最少的兩個人進行猜拳，決定搖盅人。

雖然看起來好像很複雜，但簡單來說就是輸家要負責工作就對了吧？

根據這個規則，蕾姬從剛才她放在紙杯旁、看起來沒有特殊機關的骰子中提供了兩顆出來。

而剩下一件衣服的風魔與剩下兩件的貞德進行猜拳——

由貞德負責當搖盅人了。

——好啦，丁半賭博的決敗賽要開始了。

「理子，妳很有當遊戲設計人的資質呢。規則設計得很巧妙啊。」

貞德說著，把蕾姬放在桌上的骰子撥到自己面前。

「這兩項特殊規則，目的是根據參賽者剩下的衣服調整遊戲平衡吧？」

「呵呵，真虧妳可以發現呢。」

理子用她的大眼睛對貞德拋了一個媚眼……

「調整遊戲平衡？嗯……？那是什麼意思？」

明明不是參賽者的亞莉亞則是皺起眉頭問道。

於是貞德轉頭看向亞莉亞，並且伸手指向放在桌上、點數呈現1·1的兩顆骰子……

「這兩顆究竟是不是老千骰子，只有蕾姬知道。然而，如果這是老千骰子的話，蕾姬就會擁有壓倒性的優勢了。畢竟她可以猜到最後擲出來的點數呀。」

「這麼說也對啦。」

「然而，如果讓在脫裝桌遊大會本身中比較不利的人……也就是剩下的衣服比較少的人來當搖盅人，狀況就會變得不太一樣了。因為這項比賽中存在著『蟻獅陷阱』這種對輸掉的人比較不利的規則，所以剩下衣服比較少的參賽者就會希望自己不要踏入陷阱中，而想要集中攻擊已經踏入陷阱的參賽者呀。」

原來如此……這麼說也是啦。

附加了「蟻獅陷阱」這條規則的骰子比賽，對於剩下衣服比較少的參賽者來說是很危險的。

因此，衣服比較少的人就會想要快點打敗其他的參賽者，結束骰子遊戲……增加自己能生存到下一項遊戲的可能性。

「也就是說，蕾姬的優勢會產生變數。因為剩下衣服比較少的主持人——也就是我，會與她作對呀。」

露出得意笑臉的貞德，把雙手放到桌上，彎下上半身。

嗚……她那對在偽裝亞莉亞以上、理子以下的理想尺寸雙峰……擠出的乳溝，被我看到啦。

「不只是靠運氣，也要互相猜測對方的作弊手法；因為剩下的衣服所造成的不確定心理因素——將各式各樣的要素徹底活用，確實是一本很優秀的規則書呀。理子想要讓脫裝桌遊的遊戲性提升的想法，被徹底發揮在每個角落了。真是教人佩服。」

「能夠獲得妳的誇獎，我感到萬分榮幸呢。嘻嘻嘻。」

理子……拜託妳把那份才能稍微發揮在對世人有用的目的上吧。

哎呀，雖然我想妳是絕對不會那樣做的啦。

「說到底，賭博主要的目的本來就不是爭奪賭注，而是享受其中的遊戲性呀。過去在十八世紀，法國的瑪麗·安東娃妮特就……」

赤松中學
緋彈的亞莉亞
Aria the Scarlet Ammo
Reloaded Cast off Table
尖端出版

「喂，貞德，不要廢話了，快點搖骰盅啦。」

聽到貞德開始愉悅地說起閒話，我趕緊開口提醒。

要是讓她繼續浪費時間，我會很困擾啊。

畢竟我的賢者爆發可是有時間限制的。

「唔，那麼……」

宛如藍寶石閃耀著光彩般，貞德眨了一下她那對碧藍色的眼睛……

為了確認蕾姬提供的骰子是不是老千骰子，而把它們放在手上滾動，並專心注視。

接著，「喀啦喀啦」地輕輕將兩顆骰子放入骰盅裡……

像一流的女調酒師在搖動調酒杯似地，開始優雅地搖動骰盅。

那美麗的動作，甚至讓人不禁讚嘆。

不管什麼事情，只要讓一名美女來做，就是會很賞心悅目啊。即使那是丁半賭博也一樣。

──喀！

「是丁是半？」

就在貞德把骰盅蓋到桌上並詢問的同時……

「是丁。」

蕾姬立刻回答了。

以蕾姬來說，這反應還真是快啊。

「……那、那我押半的啦。」

因為規則書上有寫說，在決敗賽中宣言丁半是先講的人先贏，於是平賀同學變得沒有選擇的餘地了。

「蕾姬，妳一定以為骰子的點數是一・一吧？」

「……」

蕾姬並沒有回應。

看到蕾姬沒有回答，於是貞德緩緩打開骰盅……公開點數。

是四・三。

「是半。」

貞德咧嘴一笑，宣告結果。

——這場勝負，是蕾姬落敗，平賀同學獲勝了。

「哦哦！真是九死一生的啦！」

平賀同學用她的小手擺出勝利姿勢。而在一旁……

蕾姬依舊保持著沉默——拉下拉鍊，又很乾脆地把水手服的上衣脫掉了。

（……嗚！）

看到忽然出現在眼前的純白內衣，我忍不住慌張起來——

緊接著想起自己戴著透光眼罩，理論上應該是看不見的，於是又勉強自己保持平靜。

總覺得我的血流好像越來越不安分了啊。

看來是因為剩下時間不到十五分鐘，賢者爆發模式開始變得不安定了。太危險啦。

「……」

蕾姬，話說妳也真的是對穿著打扮一點興趣都沒有啊。

明明年齡上應該是對打扮非常講究的女高中生，竟然穿著那種沒有花紋也沒有刺繡的便宜內衣。那根本就是量販店特價的時候，八百元就可以買到的東西吧？

「太棒了！真是太棒了呀，穆斯卡！」

理子發出莫名其妙的歡呼聲，目不轉睛地盯著蕾姬的內衣。

說真的，為什麼這傢伙看到女生的胸罩要這麼興奮啦？

呃……我深切希望妳那只是單純覺得好玩而已喔？

「呵呵，要是我把妳老千骰子的構造說出來，根據規則，妳就要全身脫光了——不過看在騎士精神上，我就別說了吧。」

「好啦！那麼骰子要回收囉～！欽欽，幫我拿過來！」

被身為幹事的理子如此命令——

於是我把蕾姬在比賽中使用過而必須回收的骰子撿起來——

「……嗚……」

好冰。

骰子超冰的。

這下……我總算明白了。

（哦哦，原來是這麼一回事啊……！）

雖然我也只是以前在漫畫中看過，所以並不確定——不過這恐怕就是被稱為「Liquid」的老千骰子吧？

也就是在內部裝有液態重物的作弊骰子。

那個液態重物雖然在常溫下是保持液態的……不過凝固點只有十度左右，到達那個溫度以下就會成為固態。

也就是說，只要讓自己想要的點數朝上並冷卻，然後在融化之前擲出骰子，就可以讓骰子出現那個點數了。

蕾姬剛才在輸給我之後——將骰子放在裝有冰果汁的紙杯旁——冷卻骰子的溫度，讓液態重物凝固了。

當時她讓骰子呈現的點數是一・一。也就是在蕾姬的腦中，原本是預定骰子會出現一・一的「丁」才對。

然而，貞德發現這件事之後……

在把骰子撥到自己面前時，恐怕使用了稱為「Switch」的老千招式。

雖然關於這一點我也沒有確切的證據，所以沒辦法指控。但如果這樣想就很合理了。

所謂的「Switch」，就是偷換骰子。把事先藏在自己手中的骰子，跟蕾姬的骰子進行調包。

然後，貞德將蕾姬的骰子握在自己的手中。

她剛才那樣講了一堆的話，應該就是為了等骰子裡的重物被手掌的溫度融化成液態吧？

接著——

在搖動骰子之前，貞德又再度把骰子調包，讓蕾姬的「Liquid」回到場上。並且假裝是在檢查骰子是不是老千骰子……同時利用自己的特殊能力，讓骰子再次冷卻。為的就是讓骰子能搖出不同於蕾姬預想的「半」。

——現在我手中異常冰冷的骰子，就是證據了。

貞德是銀冰的魔女，能夠使用冰的魔術。這種伎倆對她來說是小事一件吧？

哎呀，就算我現在發現了，第二場比賽也已經結束啦。而且爆發模式的導火線已經開始著火的我，也不想要讓蕾姬或貞德脫光衣服就是了。

對於這次的老千手法，我就閉嘴別說吧。

下一場比賽，決定是「Count Up」了。

這是每個人輪流擲出一顆骰子，自己擲出的點數比前一個人大就能生還下去的一種比賽。

舉例來說，如果前一位參賽者擲出的是三，那麼下一位參賽者就必須要擲出四以上的點數。要是擲出三以下，就算失誤。

要是下一位參賽者擲出了四，那麼再下一位就必須要擲出五以上才行。

就像這樣，要一直比到有人出現失誤為止。

——而在預賽中，發生了一件恐怖的事情。

輸掉的人竟然是……風魔。

也就是身上只剩一件上衣的、我的手下。

根據蟻獅陷阱規則而在決敗賽中成為「反」種子選手的蕾姬，身上也只剩下裙子而已。

換言之，這兩位之中只要有人輸了，就要當場脫到只剩內衣。

也就是骰子比賽中實質上決定出淘汰者的最後決賽。

「蕾姬殿下，妳的武運也到此為止了是也。」

「……」

風魔看起來像在雙手結印，並走到桌前。蕾姬依舊保持著沉默。

而我們則是屏氣凝神地注視著她們兩人。

風魔……

妳雖然從姬鐵的貧窮妹妹手中也能生還下來——但這次的對手可是蕾姬，不好對付啊。

「這下變成女高中生之間賭上自己的衣服、充滿緊張感的對決啦！那麼，就請蕾Q先上！」

拜託妳不要在那邊跳來跳去行不行啊，理子？

我總覺得妳的胸部一不小心就會從金色的內衣中跳出來啦。

那樣一來，我的爆發模式也搞不好會當場跳出來了啊。

「……」

蕾姬毫不猶豫地，將骰子擲向桌子中央——一個看起來很像平安時代貴族拿來喝酒用的杯子中。

如果是將骰子擲向平面，可以用指尖稍微作弊一下。不過如果是擲入形狀像研缽的容器中，就沒辦法那麼做了。因此理子才會準備了這個金屬製的杯子。

噹啷啷啷……

伴隨著清脆的聲響，骰子不斷滾動。

最後出現點數是……一。

「……」

雖然蕾姬依舊保持著若無其事的表情，但這狀況看來……

這傢伙手上似乎已經沒有老千骰子，被逼到絕境啦。

只要擲出二以上就能過關的風魔——很帥氣地用食指與中指夾住骰子，「唰！」一聲擲了出去。

「呵呵呵……蕾姬殿下，納命來是也！」

什麼時候變成賭上性命了啦？

噹啷啷啷……隨著一陣清脆的聲響，風魔的點數是……五。

「哦哦——！」

大家探頭看向杯中，發出歡呼聲。

看來風魔手上似乎有 Cut edge 之類的老千骰子啊。

蕾姬已經沒有老千骰子，等於是已經被將軍了。

既然風魔擲出的是五，蕾姬如果不能擲出六就輸啦。

（運氣真差啊，蕾姬。）

因為「蟻獅陷阱」的規則而遭到大家集中攻擊的蕾姬，讓我再也看不下去了……

於是我為了確認剩下的時間，走向掛有時鐘的牆壁前。

——就在這時蕾姬「唰！」地一聲，從口袋中拿出了一顆骰子。

——是剛才的那個極輕骰子。

也就是用海綿製造、像羽毛一樣輕盈的骰子啊。

（……！）

看來蕾姬是看準了我移動身子，讓冷氣吹出的風向改變的關係——而拿出似乎是她預藏的第三顆極輕骰子，丟到空中，讓它隨風飄盪。

飄呀飄……

骰子沒有發出像剛才那樣清脆的聲響，輕飄飄地掉到杯子上。出現的點數是……

「分出勝負啦～！是六！是六！」

理子用力抱住蕾姬，發出尖銳的歡呼聲。

看到蕾姬在緊要關頭擲出了六點，貞德與平賀同學也忍不住拍起手來……

「——等一下！」

風魔這時忽然對大家伸出自己的手掌：

「請看看規則書是也！」

接著用另一隻手指向規則書的頁面——

・擲出的點數比前一位參賽者小的話，就算失誤。

上面是這麼寫的。

「在下還沒有擲出比蕾姬殿下小的點數。因此，比賽應該尚未分出勝負是也。」

呃……這個嘛……嚴格上來講，確實是那樣沒錯啦。

「可是忍忍，蕾Q已經擲出六了，就算妳擲出六也算輸喔～？畢竟在Count Up的比賽中，擲出同點也算輸呀～」

「——嘿呀！」

——！

風魔也不理會理子的解說，忽然當場跳了起來。

在所有人瞪大眼睛注視之下，風魔扭轉身體——

「——喝！」

讓骰子高速旋轉，射向容器中了。

「鏘！」一聲用力撞在容器上的骰子——喀啦喀啦喀啦——不斷翻滾……

啪！

「……！」

竟然裂開啦。

結果……漂亮地分成兩半的骰子——讓一以及背面的六朝向上方，靜止下來了。

「唰！」地落到地上的風魔，擺出像空手道一樣的架勢，露出得意的表情。

呃，妳要得意是妳家的事啦，但這到底是怎麼回事啊？

「呃、這……這是……」

就連理子也感到不知如何判定的時候──

「峰殿下，妳剛才在複習基本規則的時候，在下有聽到──『不管任何狀況下，朝向天花板的面就是擲出的點數』對吧？」

「……這麼說來，也對啦。」

「在下的骰子，現在是一跟六朝向天花板。換言之，這是──」

風魔併攏雙腳，大聲說道。

「──**『7』是也！**」

……沒想到，風魔的歪理最後竟然被承認了。

畢竟規則書上並沒有寫到關於骰子被破壞時的規定，而且理子事前就說過「不管任何狀況下」也是事實。

再說，風魔所使用的骰子，本來就是一種被稱為「Split」、能夠被破壞的骰子。

原本這是一種為了假裝發生意外狀況，讓遊戲結果不算數的骰子……不過既然理子特別準備了這樣的骰子，就代表使用這個骰子比賽也是可以被承認的。

再加上關於這件事情，蕾姬並沒有提出抗議……

於是這場決敗賽中，是由風魔獲勝了。

「……」

半句怨言也沒說就脫掉裙子，露出純白色棉製內褲的蕾姬……默默走到房間的角落，蹲坐下來。

——強得像鬼一樣的蕾姬，這下也出局了。

順道一提，對於賢者爆發開始漸漸失效的我來說，蹲坐的姿勢雖然從正前方看過去是很安全的（因為蕾姬的腳踝會遮住她的胯下），但是如果從前方三十度左右的角度看過去的話，就會很危險。

再說，她的上半身現在完全就跟全裸沒什麼兩樣，我還是不要看為妙吧。

好啦。麻將、撞球、輝夜姬電鐵、骰子遊戲——

內容五花八門的脫裝桌遊大會，總算來到下半場了。

目前除了我以外的生還者有貞德、平賀同學與風魔。

妳們三位，不好意思啦，我要再加快脫掉妳們衣服的速度了。

我嚥了一下喉嚨，抬頭看向牆上的時鐘。

（剩下時間……十二分鐘……！）

拜託你啦，我的賢者爆發大人。雖然您漸漸變得不太可靠了，但是我究竟能不能活下去——也就是我究竟能當個賢者到什麼時候，全都要靠您啦。

Gunshot For The Next!!!

5彈　賭場的女王

脫衣遊戲大會——脫裝桌遊（Cast Off Table）。

我還來不及自問，為什麼我要被迫來參加這種玩意……大會就已經消化完半數以上的比賽項目了。

穿著撲克牌花紋的小鬼內衣、很適合幼兒體型的——亞莉亞。

在宛如寫真偶像的身材上，穿著性感黑色絲綢內衣的——白雪。

金色帶有蕾絲，連內衣都要穿得不驚人不干休的——理子。

然後，穿著一點也不講究的白色純棉內衣，蹲坐在地上的——蕾姬。

這四個人已經沒有剩下任何衣服可脫了。

而另一方面，生存下來的四個人則是……

只穿著上衣，莫名其妙脫掉裙子，公開露出兜襠的——風魔。剩下一件衣服。

相反地，脫掉了上衣，只穿著裙子與蝴蝶結的——貞德。剩下兩件衣服。

只失去了襪子，變成光腳丫穿著制服的——平賀同學。剩下三件衣服。

最後，就是一路生存下來，只有脫掉襯衫的——我。剩下四件衣服。

（……心靜自然涼，烈火也如冰……）

在充滿女人味道的房間中，我連深呼吸都做不到，只能在心中不斷告訴自己「冷靜下來、冷靜下來」。

然後——再度對自己發出警告。

現在的我，是對女性不會產生性亢奮的「賢者爆發模式」。

但是，剩下的時間不到十二分鐘了。

而且這個模式，似乎並不會徹底撐到最後一秒的樣子。

我體內的賢者大人，正漸漸變換成愚者。

照身體的狀況看來，應該要視為亮起黃色燈號了吧？

在這個彷彿在叫人「快點性亢奮吧」的環境中……我身體的中心、中央，已經可以感覺到爆發性的血流在蠢蠢欲動啦。

要是燈號轉紅，讓那愚者湧上心頭的話，事情就不妙了。

——我無論如何都要忍下來才行。

（冷靜下來啊……以前大哥有教過我，想要讓心頭保持平靜的話，就要在心中默念『質數』。所謂的『質數』，就是只能被1和自己整除的孤獨數字。可以為受爆發模式而苦的我，帶來面對現實的勇氣啊……1、2、3、5、7……）

數到這邊，我才忽然想起1並不是質數，而再次體認到自己到底有多焦急……

「——下一個遊戲是什麼？快點開始吧！快！」

於是我趕緊把戴著眼罩的頭轉向理子大叫。

可是理子卻搖了搖頭……

「在下一項遊戲開始之前，我要先針對規則書的這裡！第五回合開始的追加規則——『敗者參戰』的項目，對大家進行說明喔～！」

說著，翻開了她自己寫的那本「脫裝桌遊・規～則書☆」。

敗者……參戰……？這傢伙在說什麼啦？我已經沒時間了啊！

「那是什麼啊？我可不承認什麼『敗部復活戰』之類的玩意喔。再說，這場脫裝桌遊，本來就是為了決定出最優秀武偵的大會。每個人的性命都只有一條。小看這個道理，抱著『反正死了也可以復活』這種心態做事的傢伙，根本稱不上是優秀的武偵啊！對吧！」

聽到我一句接一句地主張著這段莫名其妙的理論……

「你……你幹麼說得那麼拚命啦，金次？」

亞莉亞感到不太對勁了。

不、不妙，我一不小心就變得激動起來啦。

亞莉亞剛才就有懷疑過我戴的這副眼罩究竟有沒有正常發揮作用。我不能再做出什麼可疑的行動了。畢竟我不能保證會不會有什麼蛛絲馬跡讓自己的眼罩已經故障的事情被抓包啊。

「呃、不……咳……然後呢，理子？那個『敗者參戰』究竟是什麼玩意？」

我假裝咳了一下，含糊帶過後，語氣溫和地再度對理子問道。

「畢竟生存下來的參賽者只剩下一半了，已經淘汰的人不是會很無聊嗎？只能在旁邊看也會膩，只有生存下來的人自個兒一頭熱也很掃興呀。所以說，要讓被淘汰的人也能參加遊戲，**炒熱氣氛**嘛。」

不管怎麼說，都感覺很花時間啊……

可是確實已經感到很無趣的亞莉亞與白雪她們，臉上卻露出了積極贊成的表情。要是我再繼續否定的話，事情會變得更複雜——搞不好真的會被人懷疑也不一定。

現在還是先聽聽看詳細的內容吧。

「……那是要用什麼樣的形式參加啦？」

「要看是玩什麼遊戲囉。例如說，打彈珠臺可以代打，玩輪盤可以當荷官，射飛鏢就回收飛鏢，大富翁就組成小隊之類的。」

雖然對於一邊舉例還要一邊比手畫腳的理子感到不太耐煩……

「哎呀，如果是那樣的話……也沒關係啦……」

我還是對她點點頭了。

正如理子所說，雖然要看是玩什麼遊戲。不過既然淘汰者們只是在遊戲中負責輔助，或是幫忙炒熱氣氛而已的話……

就不用擔心我剛才想的敗部復活之類的狀況，遊戲時間也應該不會被拖長了。

「既然欽欽也接受了，那麼就來決定第五回合的遊戲項目吧！從第五回合開始，遊戲項目將由前一回合中遭到淘汰的人決定！來吧，蕾Q！」

理子把規則書捲成棒狀，指向蕾姬——

於是只穿著內衣的蕾姬便默默走向房間深處了。

因為她什麼話也不說，我們只好一行人浩浩蕩蕩地跟在她的身後……

她接著走到放有飛鏢盤、彈珠臺以及輪盤之類大型道具的角落……停下了腳步。

（是要選飛鏢……嗎？）

我雖然心中這麼想著。但是……

「那麼，就這個。」

蕾姬卻選擇了**輪盤**做為第五回合的項目。

「哎呀，真是意外。我還以為妳會選射飛鏢呢。話說，玩飛鏢會不會比較有趣呀？」

「妳在說什麼話，亞莉亞？輪盤可是賭場的女王，是玩起來既華麗又深奧的遊戲呀。」

飛鏢遊戲的發源地——英國出身的亞莉亞，與輪盤遊戲的發源地——法國出身的貞德進行著這樣的一段對話。

所謂的輪盤……就是將球丟入寫有許多數字的旋轉盤上，讓玩家預測球最後會落在什麼位置的遊戲。

遊戲以賭博為最主要的目的，在世界各國的賭場中都是代表性的遊戲之一。

「……」

蕾姬站在直徑足足有八十公分左右、看起來非常正式的輪盤前面，面無表情地轉回頭——

目不轉睛地看向我的方向。

那眼神彷彿就是在對我提出**挑戰**似地。

（幹什麼啦？妳明明都已經被淘汰了，為什麼要那樣……）

我皺起眉頭幾秒鐘後——終於察覺到了。

這條『敗者參戰』的規則，並非單純只是要讓遭到淘汰的人不會感到無聊而已。

（是報復攻擊——）

這同時也是讓被脫掉衣服的她們有機會雪恥，是為了進行「報仇」的規則。

就算只是單純的遊戲，累積四場下來……途中總是會發生各式各樣的狀況。

像是欺騙、陷害敵對玩家，或是假裝身為同伴、最後卻背叛之類的。在這當中，八個人之間複雜的人際關係就會被凸顯出來。尤其是怨恨仇視之類的心態。

巧妙利用這樣的人際關係，給予被淘汰的人進行報復的機會——就可以讓遊戲氣氛被**炒熱**了。

對我們這些生存下來的玩家來說，接下來不只是要面對其他參賽者，也同時必須要抵抗淘汰者們進行的報復攻擊才行。從第五回合開始，不是由勝利者，而是由淘汰者選擇遊戲項目的規則，也是為了讓報復行動變得更容易的一種手法。

看來……這場脫裝桌遊，接下來確實會變得更加精彩啦。

蕾姬在剛才的骰子遊戲中——

陷入了「蟻獅陷阱」這個一旦輸掉就有可能一路輸下去的陷阱之中。

最後她沒能從陷阱裡爬出來，遭到大家集中攻擊，被脫到只剩內衣了。

而將蕾姬推入那個「蟻獅陷阱」中的人，就是原本在麻將與撞球遊戲中愉快組成隊友的我。

——這樣她當然會有想要報復的理由啦。而且是很新鮮的理由。

因為她是個面無表情的女孩子，難免會讓人以為她不會產生「怨恨」之類的心情。然而別看蕾姬那樣，她其實在壞的意義上很重視義氣的。對於武偵之間「被開一槍就要還一槍」的不成文規定，她是絕對會遵守的啊。

（所以說……她才會選擇輪盤是嗎？）

我斜眼看向沒有被選擇的飛鏢盤，一個人理解了她的用意。

如果玩射飛鏢的話，蕾姬應該甚至能匹敵世界冠軍吧？然而那也是在她身為玩家的前提之下。但根據理子剛才脫口說出的內容，在飛鏢遊戲中，淘汰者只能負責回收飛鏢而已。雖然那也可以稍微在飛鏢上動些小手腳之類的，可是那畢竟不是蕾姬擅長的事情啊。

相對地，如果玩輪盤的話——這也同樣是根據理子所說，淘汰者是可以擔任荷官（Dealer）的。

所謂的「荷官」，就是負責轉動輪盤，並且把球丟入其中的人。

而我……知道一件事情。

那就是之前我與蕾姬到賭場負責警衛工作的時候，我有親眼看到，蕾姬可以讓丟入輪盤的球**落到自己想要的號碼上**。

在輪盤遊戲中，輪盤本身會快速旋轉，而球也會沿著輪盤的邊緣繞上好幾圈之後……才會落入用金屬板隔開的號碼格中。

換言之，要瞄準特定的號碼丟球是不可能的。

……前提上來講是這樣，所以這種遊戲才有辦法成立。然而身為狙擊科的S級武偵、會走路的外掛角色，蕾姬是有辦法做到那種事情的。

也就是說，蕾姬很明白，就算選了自己當玩家就無敵的飛鏢也沒有意義，所以才選擇了自己當荷官可以無敵的輪盤啊。

——一切都是為了根據「敗者參戰」的規則，要打倒參賽者……或者應該說是打倒我。

「那麼，淘汰者們就兩人一隊，以小隊為單位輪流擔任荷官吧！至於小隊中要由誰來丟球都OK！要好好商量作戰，跟生存下來的玩家們一起愉快參加遊戲喔～！」

理子說著，將淘汰者們召集在一起——

最後組成亞莉亞・蕾姬這對片假名小隊（註3），以及白雪・理子這對漢字小隊擔任荷官小隊了。

通常來說，輪盤遊戲的荷官應該只有一個人才對。由兩個人擔任荷官似乎是理子的自創規則。

這應該是為了讓已經形成對立關係的「特定荷官」與「特定玩家」發生對戰的情形增加，進而炒熱報復戰的氣氛吧？而且是控制在不會做得太過火的程度。

……理子這傢伙。

她平常總是用傻到可以的裝扮與行為來進行偽裝，但其實是個腦袋超靈光的女人啊。

註3　亞莉亞（アリア）與蕾姬（レキ）的原名皆為片假名。

尤其是在跟遊戲相關的事情上，這種創造遊戲平衡的手法真是太巧妙了。簡直就是天才嘛。

理子房間中的輪盤是歐洲樣式，不論是旋轉盤、賭桌還是賠率都跟一般的輪盤沒有太大差異。旋轉盤上分隔號碼的金屬板為了讓球撞到時可以發出清脆的聲響，使用了鉛製品，綻放著些微的反射光。

至於押注的方式也是──有選擇號碼顏色的「押紅黑」（賠率兩倍）、從三十六個號碼中選擇十二個號碼的「押一打」（賠率三倍）、選六個號碼的「押六碼」（賠率六倍）、放手一搏只選一個號碼的「押單碼」（賠率三十六倍）等等。只要是一般性的方式都可以被承認。

然而，為了防止作弊，輪盤並不是由人工旋轉，而是由機械旋轉。

為了確認動力部分沒有被動過手腳，平賀同學仔細檢查過之後……

「沒問題的啦。這跟在亞洲圈經常有在販賣的完成品是一樣的東西的啦。」

獲得了賭上裝備科名譽的保證。

到這邊為止，都算是很普通的輪盤規則。不過根據理子的規則書，除了剛才的「荷官小隊」制度以外，還有其他自創的要素。

首先，是「前下注」、「後下注」規則。

通常玩家是要將帶有顏色的硬幣——也就是籌碼放到賭桌上進行下注，不過關於這個行為是要在荷官把球丟入輪盤之前還是之後進行，就是每一回合用擲銅板的方式來決定。

接著，是「贏家脫離」規則。

這是在每一場遊戲結束的時候，手頭上擁有最多籌碼的玩家可以脫離，不需要參加接下來的回合。相對地，籌碼最少的人——就要脫掉一件衣服。

這個贏家脫離規則會持續到玩家只剩兩人……最後的兩個人進行驟死賽，互相單挑直到其中一方被脫得只剩內衣為止。

最後，就是對我來說很不利的……「脫衣件數＝籌碼數目」規則。

玩家雖然在每場遊戲開始前可以獲得補充籌碼，但獲得的數量則是根據「當時被脫掉的衣服數量（以脫裝桌遊整體來看）」而定。

換句話說，被脫到快要只剩內衣的人，就可以獲得最多的籌碼。

根據這條規則，在第一場輪盤遊戲中……

身上只剩上衣的風魔，獲得四枚。

只剩蝴蝶結與裙子的貞德，三枚。

只有脫掉兩隻襪子的平賀同學，兩枚。

而我——因為只有脫掉襯衫而已，所以只能拿到一枚。

這項規則應該是為了讓生存下來的參賽者在這邊可以讓衣服數量取得平衡吧？而且就算輸掉了，也會因為脫掉一件衣服的關係，在下一場可以多拿一枚籌碼。簡單講，就是讓輸掉的人可以變強的規則。這一點也設計得很巧妙啊。

「要是球落入0號的話要怎麼辦？在這次的遊戲中，荷官不需要獲得籌碼吧？」

亞莉亞說著……伸手指向輪盤上唯一一個被塗成綠色的格子，也就是0號的洞。

通常來說，當球落入0號，荷官就可以獲得全部的下注籌碼。

然而就像亞莉亞所說的，這次的遊戲是讓玩家之間競爭籌碼數量……所以0號是不會被用到的格子。

「就用塞住的規則吧。畢竟跟勝負沒有關係，要是球掉進去也會很掃興呀～」

理子說著，準備把預備用的球放入0號的格子中——

「不，理子，在法國是這樣做的。」

貞德忽然從房間內裝飾在花瓶裡的鮮花中……「啪」地折下一朵玫瑰，放入0號的格子中。

「哦哦～超漂亮的～！」

又叫又跳的理子說得沒錯，這確實是很有韻味的塞洞方式啊。

原本就已經很華麗的輪盤，變得更加漂亮了。

哎呀，就算再怎麼裝飾——我們在做的也是很俗氣的脫衣遊戲啦。

輪盤比賽——由亞莉亞・蕾姬小隊擔任第一回合的荷官。

負責把球丟入輪盤的，是蕾姬。亞莉亞似乎打算擔任幕後工作人員的樣子。

畢竟亞莉亞也知道蕾姬擔任荷官時的能力啊，而且就是我告訴她的。

該死！人生真的不曉得做什麼事情會害到自己啊。就算是因為之前我跟亞莉亞一起吃飯的時候，她故意刁難地說什麼「太無聊了，說些有趣的事情吧」，我也不應該告訴她這件事情才對的。

——輪盤遊戲，通稱「賭場的女王」。

隔著輪盤桌站在我們對面、依舊面無表情的蕾姬……在我眼中看起來就像擁有絕對力量的女王啊。

面對那個**女王**，長久以來都被亞莉亞稱呼為**奴隸**的我，真的能贏嗎？

就算是我的手下——風魔，在輪盤遊戲上也無用武之地啊。畢竟輪盤使用的球很輕，要是她用氣短槍操弄結果，馬上就會被抓包啦。

但是，我也只能戰鬥了，然後生存下去。

——我怎麼能夠輸給那個赤裸（正確來說是只穿著內衣）的女王啊。

「……」

「……」

在互相瞪著對方的我與蕾姬面前……

穿著撲克牌花紋內衣的亞莉亞拋起硬幣。

「反面……是『後下注』喔，各位。等蕾姬丟出球之後再下注喔。」

她接著參閱規則書，對玩家們如此宣告。

（好……真是太幸運了。）

我在故障的透光眼罩底下，偷偷竊笑了一下。

就算是蕾姬，也沒辦法丟出球之後再決定掉落的格子吧？

也就是說，這次完全是看個人運氣天賦的比賽了。

（不過，只靠運氣也未免太無趣了。）

對抗蕾姬的策略──我也不是沒有啊。

「輪盤，開始旋轉！亞莉亞，按下那個按鈕吧！」

興奮的理子把籌碼發給我們之後，亞莉亞按下檯桌上的按鈕──

……轉呀轉、轉呀轉……

決定我們命運的輪盤，開始轉動了。

「我是一發子彈──」

蕾姬的手指做出宛如要扣下扳機的動作，將白色的球放在上面。

而她的眼睛──

（……！）

我看見啦，絕對不會錯。

是黑色的10號。

雖然大家都看著球而沒有注意到，不過因為我是看著蕾姬的視線——所以知道了。不知道算幸還是不幸，現在的我是處於輕微爆發的狀態，所以確實看到了！

輪盤上標示有0～36號的格子，順序並沒有一定的規則。

10號的旁邊是23號。

而23號就是以前我跟蕾姬去賭場的時候，我下注而獲勝的號碼。

蕾姬大概是以為我又會下注在那個號碼上吧？

畢竟狙擊手總是會把人類、也就是目標的行動模式——會從同一個門走出來啦、會去同一家店啦——劃分出一貫性，並以此為前提做出行動。

而蕾姬她……打算要把球丟入23號旁邊的10號……

讓我遭受「真是太可惜啦！」的精神傷害吧？

因為跟其他賭博遊戲一樣，輪盤是一種玩家精神受到動搖後，很容易就會胡亂下注而自取滅亡的遊戲啊。

「子彈沒有人心。故不會思考——」

蕾姬的視線不斷瞄向10號，嘴上詠唱著宛如咒語般的話……

果然，她身為狙擊手的習性完全暴露出來啦。對於**眼睛的動作**絲毫沒有防備。

我去年還在強襲科的時候，主要學習的是近身戰，因此對於戰鬥中的眼球動作有受過很嚴格的訓練。畢竟自己接下來要攻擊的目標如果被對手藉由視線看穿的話，對手也有進行迴避的可能啊。

然而在狙擊科，聽說並沒有進行這樣的訓練。因為他們都是在目標的遠處，敵人根本看不到他們眼球的動作。而且他們為了進行瞄準，甚至會有不斷注視目標的傾向。

「——只會一味地朝目標飛去。」

蕾姬「唰！」地讓球沿著輪盤的邊緣滑出——

「好，下注！」

亞莉亞宣告開始下注了。

暫時有一段時間，球都會沿著輪盤邊緣不斷轉圈子。

而玩家們就是要在這段時間進行下注。

根據規則，是手上籌碼較多的人先下注——因此是從風魔開始。

我用肢體動作與咳嗽聲對風魔發出『10號　但是　不要做得太明顯』的暗號。

於是風魔也摸了一下她的馬尾，或者應該說是丁髷，回應了我一句『遵命』後……

「那麼，在下押這邊，跟這邊。」

拿出手頭上四枚籌碼中的兩枚，分別下注在號碼除以三之後會餘一和餘二的兩列

（賠率三倍）。讓人看起來是打算以三分之二的機率穩紮穩打地增加一枚籌碼的戰略。不過照她這樣的下注方式，就可以裝作若無其事地把我傳達給她的10號也包括進去了。

做得好啊，風魔。

「呵呵呵，那我就配合荷官之一——亞莉亞的眼睛顏色來下注吧。」

貞德說著，把手頭上的三枚籌碼全部押在紅色（賠率兩倍）上了。應該就是即使風魔押中而讓籌碼變成五枚，自己也能獲勝脫離的作戰吧。

「嗚哇哇，那文文就押這樣的啦！」

只有兩枚籌碼的平賀同學則是——

將一枚押在奇數（賠率兩倍），另一枚押在22～27的押六碼上。

這樣一來如果是23、25、27，就能贏回七枚領先脫離戰局，如果是22、24、26也可以拿到六枚而不會是最後一名了。

然而——真是可惜啦，平賀同學。

球會掉進的是黑色的10。妳不但會失去全部的籌碼，還順便要脫掉一件衣服啦。

順道一提，貞德因為是押紅色，所以也會輸。但規則書上有寫，如果結束時的籌碼數目一樣，就是後下注的人輸啊。

……對於旋轉速度開始變慢的輪盤，我瞧也不瞧一眼——

「蕾姬，妳的敗因就是……妳是個狙擊手啊！」

咧嘴一笑，把唯一的一枚籌碼押在10號上面了。

可是，蕾姬卻一點反應都沒有。哎呀，畢竟她每次都是這樣，很正常啦。

「金次，你這個人真的有夠笨。明明押Top line（押四碼）也能拿到九枚成為第一名的說。而且平賀同學很有可能只有Odd（押奇數）會中，你也可以選擇防守而押在Section（押一打）呀。」

因為遊戲中並沒有禁止交談，所以亞莉亞混雜著英語這麼說著。

「沒差啦。我就先預言吧，球一定會落在黑色的10號。」

「竟然押Straight up（押單碼），機率只有三十六分之一喔？笨死了。好啦，No more bet（下好離手）。」

在默默呆站的蕾姬身旁，亞莉亞敲了兩下小小的鈴。

滾滾滾滾……

不斷滾動的球，「噹！噹噹！」地開始在旋轉盤的金屬隔板上跳動……

等到球落入黑色的10號時，真不知道亞莉亞究竟會說什麼呢。

就在不禁竊笑的我眼前——

咚。

球落入洞中了。

怎樣啊，蕾姬、亞莉亞？嚇到妳們了吧？

「你看看，是紅色的23號呀，笨蛋金次。」

「風魔同學獲得三枚籌碼，總共五枚；貞德同學六枚；平賀同學七枚。因此，這場遊戲由平賀同學獲勝。金次同學零枚籌碼，落敗。」

亞莉亞・蕾姬這對搭檔如此說著。

（什……什麼……？）

球……竟然、落在……黑色的10號、旁邊的……紅色、23號……？

我因為揉不到眼睛而擦一擦眼罩，仔細再看一次……

確、確實，球不是落在黑色的10號，而是紅色的23號……！

「——金次同學，你的敗因就是，你不知道狙擊手會預測出目標的人格之後進行作戰。」

蕾姬用平淡的語氣，把我剛才說過的臺詞奉還給我——

（被、被**看穿**了……！）

她剛才之所以會盯著黑色的10號……是為了對我表現出『我想金次同學會押紅色23號』……而故意做出來的行為。

然後引誘我下注在黑色的10號，自己卻讓球落入紅色的23號。

換句話說……對於我是個怎麼樣的人、會怎麼思考、怎麼行動都瞭若指掌的蕾姬……

把我引誘出來，射殺了。

這就是我們這些強襲武偵被狙擊手暗算，最典型的模式啊。

「太好的啦～！文文首位通過的啦～！」

穿著短裙的平賀同學又叫又跳，而我則是在一旁沮喪跪地了。

我本來以為自己會以第一名通過比賽，其他人脫衣服的。但最後的結果卻完全相反。

「呿……下次妳就休想這麼順利啦。」

說出這種像小嘍囉角色典型臺詞的我，脫下一隻襪子，並且從理子手上拿到第二回合用的籌碼。

在這場輪盤遊戲中，就算輸了——也不是完全沒有好處。

因為只要脫掉的衣服多了，能拿到的籌碼數量也會跟著增加。

我這次拿到了兩枚補充籌碼。這樣一來就可以比剛才下注得更有戰略性了。

（但是……）

尷尬地把視線從我身上移開的風魔，手上原本有五枚籌碼，又再補充四枚……合計九枚。

靠「亞莉亞的眼睛顏色」這種隨便的理由下注紅色的貞德也是……贏了籌碼又再補充三枚，總計九枚。

在籌碼的數量上，就只有我特別少。實在太不利啦。

我不禁咬牙切齒地迎接下一場比賽——

輪到黑內衣的白雪與金內衣的理子擔任荷官了。

因為透光眼罩故障的關係，所以我能清楚看到。不過話說，「黑」與「金」的組合，真是超級符合賭場特色啊。

「第二回合中——因為小雪本人強烈的希望，所以由她負責丟球囉～！」

理子說著，「噹」地擲出硬幣。

最後，第二回合決定是「前下注」——也就是玩家先下注籌碼之後，荷官再丟球的順序了。

「那麼在下這次就保險一點是也。」

風魔首先將一枚籌碼押在1～18的前半碼（賠率兩倍）——並且對我發出『請挑戰押六碼』的暗號。看來她是假裝打安全牌的同時，降低自己能獲得的籌碼，讓我能夠以第一名脫離戰局的樣子。

但是……那樣做有點太消極、太不自然了。

就連荷官理子都似乎感到無趣而皺起了眉頭。

接著，她瞥眼看了一下我的方向……該不會是起疑了吧？

（……嗚……！）

要是我跟風魔之間私下串通的事情被發現的話，我們兩個人都會當場被脫光，連內衣都被剝掉啊。

於是有點著急起來的我，趕緊對風魔發出『再押一枚　不要押中』的暗號。

「……另外，為了接下來的回合做準備。」

看到暗號的風魔，編了一個巧妙的藉口後，又押了一枚籌碼……在下注34～36號的位置上。

押三碼──雖然賠率九倍是很高，但這種賭法基本上是不會押中的。

見到她這樣看似放棄籌碼般的奇特行為……

「哦哦！忍忍，妳為什麼要押那邊呀～！」

理子的眼神頓時變得開心起來。

看來她因為風魔放手一搏的行為而情緒高漲，讓原本些微的猜疑心消失了。

「因為這三碼是最後三個號碼。俗話說『好酒沉甕底』是也。」

我現在才發現，風魔其實很擅長說謊呢。

她竟然可以不動聲色地立刻回答啊。

「那麼……姑且先不管遠山，如果我想要贏過風魔的話……」

若無其事地宣告我不構成威脅的貞德，拿出兩枚籌碼……唰！唰！

用她美麗的白皙手指，將一枚押在1～12的「押一打」，另一枚也押在13～24的「押一打」上。雖然是很無趣的賭法，但很確實。

接著，似乎對輪盤的玩法很熟悉的貞德，再拿出一枚籌碼——

押在1～3號的「押三碼」上。

「法國有一句諺語是『金錢做先鋒，城門必開』。我就模仿那句諺語，押在做為先鋒的號碼上吧。畢竟風魔都主動炒熱氣氛了，我也要跟隨才行呀。」

真不愧是籌碼多的玩家，還真是從容不迫啊。

簡單講，她這樣即使風魔押中了，自己也會押中，所以不會變成最後一名……

而且如果球落在19～24號，也就是六分之一的機率下，自己可以成為第一名。當然，如果球真的落在1～3號也是一樣。不過那個機率跟風魔的34～36號一樣，是幾乎可以忽視的程度。

至於只有兩枚籌碼，可以說是毫無退路的我……

看來也只能像風魔所說的，把全部都賭在「押六碼」上面才行。

這樣一來賠率就是六倍，如果押中就可以拿到十二枚，贏過風魔跟貞德。

（每個機率都一樣，我該賭哪裡呢？）

好酒沉甕底……我就祈求一下幸運之神，押在輪盤號碼最後的31～36號吧。

（——其實，玩賭博如果像這樣開始祈求神助……就不應該再繼續賭下去了說。）

我不禁輕輕嘆了一口氣後，把籌碼押在那末六碼上。

「好啦，下好離手囉～！」

理子如此宣告，並很有精神地敲了兩下鈴。

「那麼，我要上了。」

白雪「唰！」地拿起球——

「呵呵……呵呵呵呵……這就叫『在長崎打江戶之敵』呢，**貞德**。」

就像剛才蕾姬對我做的一樣，她對貞德放出明顯的敵意。

話說，妳幹麼忽然指名自己的對手啦？

「長崎？江戶？」

在長崎打江戶之敵……貞德似乎不知道這句諺語的意思是『以意外的方式一雪過去嘗過的恥辱』，而皺起了她形狀優美的眉毛。

「妳在撞球比賽的時候，汙辱了小金對我熱情的心意。這個仇，我一定要報復妳——耶扣耶扣啊札拉扣、吽嘰哩嘰哩吧薩蘭吧它、拉・攸達索嗚・阿絲提阿娜……！」

用力撐開眼睛與嘴巴、詠唱著像咒語一樣臺詞的白雪——

變、變成黑雪模式啦……！

不太記得打撞球時貞德究竟說過什麼話，而且根本不記得自己對白雪有過什麼熱情心意的我，不禁被嚇得往後退下了。不過——

（換個角度想，這或許也是一個新的幫手啊……！）

面對釋放出渾黑氣勢的白雪，我莫名感到有種值得依賴的感覺。

脫裝桌遊從第五回合之後，前四戰中遭到淘汰的參賽者們可以獲得報復攻擊的機會。

而其中一名淘汰者——白雪的目標，似乎就是貞德的樣子。

身為目標的貞德好像也不知道自己埋過什麼仇恨，在頭上冒出了好幾個問號……

然而她被白雪認定為敵人的事情，已經是事實啦。

「這顆小白球象徵著我對小金大人純潔的心意。用心意回報心意就是身為大和撫子的美德。這邊……這邊……這邊……」

自稱是什麼大和撫子的白雪，一邊說著，一邊觸碰輪盤上31～36號的金屬隔板。

「這邊……這邊……還有這邊……我會讓球落進這些地方！靠我熱情的力量！」

看到白雪似乎已經陷入誰也搞不懂的白雪世界……

「那、那就開始轉囉……」

總是精神百倍的理子也不禁感到有點退縮，並按下旋轉輪盤的按鈕。

轉呀轉、轉呀轉。

「嘿呀——！」

白雪，妳囉囉嗦嗦賣了一堆關子，倒是很快就把球丟出來了嘛。

接著，噹！噹噹！

虧白雪叫得那麼有氣勢，速度卻不怎麼快的小球，很快就開始碰撞到輪盤上的隔板了。

噹、噹……

咚。

「……！」

喂、喂喂喂……！

「黑35……！」

竟然是掉在我下注的號碼上啊……！

我忍不住擺出勝利手勢後——

風魔也睜大了雙眼，轉頭看向我。

（啊……！）

對了。

因為風魔只是隨便下注的關係，讓我都忘了。不過她剛才——

也有押在34～36號上啊……！

「噢噢！怎麼可能……！怎麼會有這種事……！」

「嗚哦哦哦哦哦！超強的！忍忍！獲得籌碼十二枚，總計十九枚！第二名的欽欽也獲得籌碼十二枚，貞德最後一名呀～！」

貞德與理子都探頭看向輪盤，紛紛大叫起來。

「——看到了吧，貞德！這就是熱情的力量！」

白雪不知從哪裡拿出一把畫有日之丸的扇子，用力扇動，並且用同樣不知道從哪裡掏出來的白色紙片，演出一場紙飛雪慶祝勝利。

而明明獲勝卻露出「活在世上真是對不起」的表情看著我的風魔——勝利脫離比賽了。

「……唉……輪盤上棲息著魔物的傳言，原來是真的呀。」

失落地嘆了一口氣的貞德，當場拉下了拉鍊。

——**裙子**的拉鍊。

「喂、喂喂喂！為什麼是先脫那個啦！要脫就先從蝴蝶結脫起啦！」

「這是對我自己的一種警惕。而且這邊離冷氣比較遠，感覺很熱呀。」

貞德如此說著……唰！

似乎很怕熱的銀冰魔女小姐……脫、脫掉啦！她的裙子！

不過——！

包覆她下身的內褲，跟上半身的胸罩一樣，布料面積較大，看起來很像白色的體育褲。

整體看起來就像穿著體操服一樣，因此對於即使變得比較沒有效果、但依然是賢者爆發模式下的我來說……沒問題、沒問題啊。我還撐得下去。

話雖如此，她緊實的臀部曲線還是一覽無遺。宛如剛做好的年糕般白皙的大腿上，還有像朝露般的點點汗水——

（……嗚……！）

那充滿健康氣息的感覺，反而會勾引別人不健康的想像。在某種意義上也太危險了。

面對只穿內衣綁著蝴蝶結、這下真的看起來就像變態的貞德……

我接下來要一對一單挑她了是嗎？

後來我才知道，讓球落入我下注的號碼——**黑色**35號的**黑**雪小姐……

——其實也是有作弊的。

我會發現這件事，是因為我在幫忙白雪把她灑出來的紙片從輪盤上撿走的時候——

——輪盤上有一部分莫名溫溫的。

要是我把這件事情抖出來，白雪就要全裸了，所以我不能說出口。不過簡單來說——一定就是剛才白雪說著「這邊、這邊」然後觸碰金屬板的時候，讓金屬板加熱了。

名字中雖然有個「雪」字，但白雪的真實身分是操縱火焰的巫女。

雖然我並不清楚詳細的狀況……不過「讓物體加熱」這種小事，她應該想做就能做到吧？

而這個輪盤上拿來做為隔板的，是鉛。鉛是日常生活常見金屬中最容易熱膨脹的金屬。我在化學課上有學過，那東西的線膨脹係數約為鐵的三倍。

而白雪就是將原本應該長度一致的隔板中，特定幾個號碼的隔板伸長，製造凹凸起伏……讓球掉入我下注的31～36號格子的機率提升了。

後來白雪假裝是在製造紙飛雪，用扇子對輪盤搧風，使溫度冷卻下來，湮滅了證據。而她這麼做確實有效果。在我觸碰到隔板的時候，溫度已經被冷卻到幾乎跟原本一樣了。

（白雪她雖然說是什麼**熱情**的力量……）

但其實也只說對了一半。簡單講，我這場勝利靠的是**熱**的力量啊。

就在我想著這些事情的同時，貞德拿到第三回合的補充籌碼，手上變成了十一枚籌碼，而我則是十五枚。不過……這並不代表這一回合的比賽中，我擁有絕對優勢。

因為與白雪・理子小隊交棒後，擔任荷官的搭檔是亞莉亞，以及——

「第三回合是後下注喔。」

「再次輪到我丟球了。」

……蕾姬啊。

這次蕾姬應該會像獵人一樣，繼續纏著我這獵物不放吧。

而她擁有同樣能使用在輪盤上的萬能力量，但我卻是徒手空拳。

跟我私下串通的風魔也因為獲勝脫離比賽了。這下我真的有種想放棄的感覺啊。

雖然我有想過乾脆學剛才的貞德，下注在蕾姬帶有綠色的頭髮顏色……也就是0號上。可是那個綠色的洞也已經被玫瑰塞住，連讓我搏好運都不行。

就在這時——

「理子同學，規則書上雖然沒有規定，不過如果這顆球最後沒有落到任何一個格子的話，請問要如何算？」

蕾姬忽然對理子如此問道。

「咦？如果球沒有落入格子？荷官不可以故意把球丟到輪盤外喔～？這一點規則書上也有寫吧？」

「是。不過，還是要考慮到發生那種事的狀況。」

「畢竟輪盤是機械式的，球應該不會被彈飛才對呀……嗯～～」

理子把手指放在她粉紅色的嘴脣上想了一下……

「那樣就算是『不可能發生的事情發生了』，額外算分。參賽者兩人都算輸，各脫一件衣服吧！」

說著，對我跟貞德雙手敬禮了一下。

這、這傢伙竟然給我追加這種隨隨便便的規則……！

「給我等一下！那樣是追加對參賽者不利的條件吧！」

我立刻提出了抗議——

「靠蕾姬的功力，搞不好可以讓球即使在機械式的輪盤上也被彈飛也不一定啊。所以說……我想想……對了，妳們等一下。」

我說完後，跑到玄關的傘架旁，把自己因為氣象說黃昏會下雨而帶來的塑膠雨傘拿了過來。

——撐開雨傘，把傘柄折斷。

「等蕾姬把球丟進去之後，就用這把傘蓋住輪盤。反正傘是透明的，可以看得到裡面的狀況。這樣也不會有影響吧？」

我提出了要讓理子的追加規則變得無效的提議。

「嗯～是沒關係啦。蕾Q呢？這樣可以嗎？」

「……我不介意。」

蕾姬點了一下頭。

但是……感覺還是很可疑啊。蕾姬通常在表達肯定的時候，只會點一下頭而已。可是她現在卻同時說了一句「我不介意」，是很強烈的肯定答覆。

換言之——她應該有什麼別的打算。

於是我趕緊看了一下輪盤……發現了。

「另外還有一點。蕾姬有可能會讓球落在塞住0號格子的玫瑰上。這樣也會變成『球沒有落入格子中』啊。」

「還真拚命呢，金次。」

「亞莉亞給我閉嘴！要是球落在玫瑰上，荷官就要交棒，不……禁止參加接下來的比賽。我不允許浪費時間！」

看到我絲毫不隱藏的拚命態度，理子似乎判斷那是因為我熱衷於遊戲的關係——於是「唔唔～ＯＫ～！」地露出笑容，認同了我的追加規則。

「……」

依舊無言．無表情．無感情的蕾姬低頭看著輪盤開始旋轉——

「——我是一發子彈……」

「唰！」地一聲，蕾姬把球丟進去了。

奇怪？

雖然她丟得很快……但是球並沒有被彈開，很正常地開始轉圈子了。

原來如此。看來蕾姬想做的事情都被我封鎖了，而無計可施啦。

於是我忍不住笑著，把塑膠傘蓋到輪盤上。

「好，下注。」

球繼續沿著輪盤邊緣不斷轉圈。亞莉亞輕輕敲了一下鈴——

（也就是說，這次是一場普通的比賽了。）

我將兩枚籌碼——像風魔在第一回合做的一樣，分別押在號碼除以三之後會餘一跟二的兩列。

也就是三分之二的機率下，我可以增加一枚籌碼——變成十六枚的作戰。

雖然是比較防禦性的賭法，但反正就算我輸了也有下一回合，這次我就採取防守吧。

「好啦，貞德，妳要怎麼做？妳……已經幾乎快脫光了……要是這場也輸掉，妳就連那條蝴蝶結都要被剝掉囉？」

我為了讓貞德稍微失去冷靜，而說著挑釁的話。

「遠山，就算你想稍微讓我失去冷靜，也是沒用的。」

嗯，果然被看穿啦。

在臉不禁變得有點紅的我旁邊，貞德專心注視著賭桌——

「不過話雖如此——我確實也只剩下一條蝴蝶結了。就把全部的財產都用來進攻吧。」

唰！唰！唰！

3與6、9與12、15與18……在三的倍數之間各押一枚籌碼，縱向押兩碼。

接著，1與2、4與5……直到13與14也各押一枚，橫向押兩碼。

雖然是很複雜的賭法，但她的用意我可以理解。

不管押中哪一個號碼，賠率都是18，就可以超越我。

就這樣，賭桌上的狀況——變成我防守，貞德進攻的樣子了。

要比喻的話，便是在遠山城閉門防守的我，與進行攻城的貞德・達魯克騎士團啊。

（究竟是哪邊會贏……？）

——噹！噹噹！

開始啦。球開始在隔板上跳動了。

「……」

所有人都屏氣凝神地注視著塑膠傘下的球。

噹！噗！噹！

啊，剛才球在玫瑰上彈了一下。

噹！噗！噹！

……又來了。

乾脆就在玫瑰上停下來吧。這樣一來蕾姬就會被禁止出場，減少一名敵人啦。

噹！噗！噹！

噹！噗！噹！

……還真是……在玫瑰上彈了好幾次啊。

最後，因為蕾姬很用力丟球的關係，旋轉盤反而先停下來了……

緊接著——

噹！

球忽然也停了下來。

「「「「「——————！」」」」」

「……」

全部的人都被嚇得說不出話來，只有蕾姬呆呆地看著虛空。

球、球、球……！

沒有掉在任何一個格子中。

它竟然停在——

區隔紅1與黑20的分隔板**上面！**

這個輪盤遊戲中使用的球，大約有一顆彈珠的大小。

而它竟然會停在厚度只有幾公釐的分隔板上面……

「……」

雖然蕾姬依舊像個等身大的公仔一樣動也不動，但這傢伙真的是……

「超」上還要再加個「超」的「超・超人」啊。

就算她是敵人我也不得不稱讚了。我承認，我真的是徹底輸給她了。

「這、這真是太厲害了……是一輩子頂多只能看到一次的奇蹟吧？」

「啊……這、這要算～欽欽、貞德各脫一件～……貞德從脫裝桌遊中遭到淘汰了……」

因為事情實在太誇張，亞莉亞與理子都不禁冒出冷汗。

「嗅嗅……嗅嗅嗅……我竟然……會在輪盤上輸了！Mon Dieu（神呀）！」

貞德大動作地抬頭仰天，扯下蝴蝶結高舉起來……

……還真是個誇張的傢伙啊。又不是真的在賭場破產了。

在一旁脫下襪子，變成光腳的我……

「嗅嗅……嗅嗅嗅……！」

聽到貞德宛如古早漫畫《凡爾賽玫瑰》裡的人物一樣不斷發出哀嘆聲——

（……玫瑰……）

——！

我忽然察覺一件事情。

於是我趕緊把停在輪盤上的那顆奇蹟小球抓起來——

指尖上傳來些微的抵抗力，讓我完全明白了。

就在我明白的同時，蕾姬從我手上把球搶了過去。

「……」

她瞥眼看了我一下，並且裝作若無其事地用手指擦拭著球……讓我不禁嘖了一下舌頭。

……哎呀，我也只能閉嘴不說啦。

畢竟勝負已經分出來，我也承認結果、脫掉襪子了。

『我就閉嘴不說　算妳欠我一次　和睦相處吧』

我假裝在觸碰桌面，用武偵共通的敲指信號對蕾姬這麼傳達。

於是蕾姬也用眨眼信號對我回覆了一句『我知道了』。

（——沒想到，是玫瑰啊……）

我把塞住零號格子的玫瑰花拿起來——稍微將指尖探入花瓣之間。

在花中，當然有蜜了。而且是稍微有點黏性的蜜。

蕾姬就是讓球多次觸碰到這朵玫瑰——讓它的表面沾滿花蜜。

用花蜜代替**黏著劑**，使它可以確實停在分隔板的上方。

話雖如此——但不管怎麼說，可以讓球停到分隔板上就已經算是個超人了。

哎呀，不過還是要從剛才的評價——「超．超人」中去掉一個「超」就是了啦。

脫裝桌遊第五回合——輪盤比賽，就這樣結束了。

我的賢者爆發能夠持續的剩餘時間，大約八分鐘。

（根據比賽項目……還是有機會啊。）

照目前為止的花費時間看來——我還是可以生還的。

「雖然在巴黎也是一樣……不過日本的夏天還真是熱呀。」

遭到淘汰的貞德——

呃！給我等一下！為什麼要把手放到塑形內衣上啦？

「等、等一下呀，貞德！不、不需要連那個都脫掉呀！」

「就算輸了，也不可以自暴自棄的啦！」

看到貞德的怪異舉動，女生們也紛紛慌張起來。亞莉亞與平賀同學連忙出聲制止了。

「……？哦哦，不是那樣啦。放心吧，我並不是什麼變態。因為我有聽說遠山也要來，所以在我平常穿的內衣上——又穿了一件運動用的遮掩內衣。不過看到大家都堂堂地把內衣露出來，讓我感到有點愧疚。所以我決定要把它脫掉了。」

貞德伸出手掌，安撫亞莉亞她們的情緒後──

「──遠山，你那副眼罩確實看不見女生們的身體吧？」

忽然又再次向我進行確認，害我的心臟差點從嘴巴跳出來了。

「那種事情，不是當然的鋃鐺嘛！」

「「「「當然……的、鋃鐺……？」」」」

幾乎全部的女孩子都異口同聲地歪了一下腦袋，只有白雪小聲笑了出來──

不、不妙啊！我因為太慌張，把爺爺的口頭禪──現在根本沒有人會說、極度讓人起疑的臺詞說出來啦……！

「……遠山，你有時候說的日文還真是奇怪呀。」

貞德說著，「啪」地一聲……自己把塑形內衣的釦子解開了。

「！」

這、這應該是我第一次看到，雖然是穿了兩層，但、但女孩子自己把胸罩脫掉的樣子。

原來是那樣把手繞到背後去脫的啊？明明眼睛就看不到背部，還真是辛苦。

接著，當然這也是我第一次見到，貞德把下半身的……內褲也「唰」地脫掉了。

「……喔……！」

差一點衝出喉嚨的「嗚喔……！」的聲音，被我好不容易才忍耐到只發出了最後的「喔」而已。

貞德她——

這下變成白人特有的白皙肌膚上，穿著耀眼白色內衣的樣子了。

搭配她閃閃動人的銀髮，真是美麗到教人不禁讚嘆。

而且那套看起來應該是舶來品的內衣——設、設計超大膽的……！

上面裝飾著宛如裁縫師花了好幾個月的時間手工製作的細緻蕾絲與華麗的刺繡，而薄薄的一層布——只把貞德纖細的身材遮蓋了一小部分而已。

上半身的胸部表面只被遮蓋了下方百分之六十的面積，看起來很柔軟的白皙雙峰，上半部分根本都被看光光了。

因為是沒有肩帶的類型，要是她稍微彎下上半身，胸罩跟肌膚之間的縫隙就會被看到了啦。

而下半身的內褲也細得像銳角一樣。當她走向冰箱時，我不小心看到了，臀部……是、是所謂的「丁字褲」啊。太細、實在太細了……！

……死貞德！明明還是個高中生，穿那什麼玩意啊！

（沒、沒想到，她明明就輸給我了，卻用這種意外的方式對我造成反擊啦……！）

血流……怎麼樣了……！

我、我體內的愚者，漸漸復甦起來啦。明明還有八分鐘的時間，你還真有精神啊，愚者。

不過我體內的賢者也並沒有完全失去力量，還活著。

這場脫裝桌遊——

接下來就是生存玩家之間的戰爭、與淘汰者之間的戰爭、同時也是——

我體內的惡魔與天使……愚者與賢者之間的戰爭啦……！

Gunshot For The Next!!!

6彈　亞莉亞以前曾經玩梭哈輸給妹妹，而懲罰遊戲就是從那之後都一直要穿撲克牌花紋的內褲

脫裝桌遊（Cast Off Table），終於來到第六回合了。

生存者只剩下平賀同學、風魔與我，三個人而已。

而在這個第六回合中，又會有一個人遭到淘汰，剩下兩個人。

第七回合就是這兩個人進行最後的單挑，然後便結束。

（再過兩回合……這場漫長而痛苦的戰爭就可以落幕啦……！）

而且到了尾盤，我方在戰局上變得開始有優勢了。

因為生存下來的三個人當中，風魔跟我是同盟關係——我們或許可以像之前那樣進行合作，對平賀同學來場二打一的戰爭。

再加上，目前這三人的兵力……也就是剩下的衣服數量是：

平賀同學　兩件（上衣、裙子）

風魔　一件（上衣）

我　兩件（汗衫、褲子）

在這一點上也是風魔跟我的同盟比較有利。畢竟實際上是兩件對三件的狀況啊。

如此這般，遠山帝國在對外方面都形勢看好……但是在內政上，現在卻出現了隱憂。

因為在開戰當時對我來說非常可靠的賢者爆發模式，漸漸失去力量了。

（頂多只能再撐八分鐘……而且效果已經開始變弱啦……！）

相對地，長久以來受到賢者政治壓抑的愚蠢血流民眾，正在我的體內中心．中央進行著革命的準備。

要是我遭到血流的背叛，通常的爆發模式就會當場甦醒——冷不防地對亞莉亞合眾國、白雪王國、理子人民共和國、蕾姬聯邦與貞德共和國等等國家展開無差別恐怖攻擊……

到了事後，我就會遭到多國聯盟軍反擊，被徹底打成一片焦土啦。

所以拜託你加油，努力撐下去吧，賢者內閣總理大臣……！

就在我內心如此掙扎的同時，貞德獲得了第六回合遊戲項目的決定權——

「我看到亞利亞的內衣就想到……我們還沒有玩過撲克牌呀。這次就取輪盤與賭場的關聯性，來玩梭哈怎麼樣？」

她如此說著，提出撲克牌遊戲的意見。

「好耶，梭哈！賭博遊戲的經典！三大撲克牌遊戲之一呀！」

穿著金色內衣又蹦又跳的住持人——理子，似乎也很喜歡玩撲克牌的樣子。

她接著從讓人看了就覺得受不了的洛可可風格櫥櫃中，拿出了好幾副尚未開封的撲克牌。每一副看起來都一模一樣。

「那就先來選牌吧！總共有三十六種喔！大家來把它們六×六排好吧。」

我們照著理子的指示，一起把撲克牌盒排成了一個方陣。

「至於要從這裡面選擇使用哪一副牌，就用骰子決定。每一輪都要使用不同的牌喔～」

理子說著，把剛才我在骰子比賽中用過的「普通的骰子」高舉起來。

（哎呀，簡單來說，這意思就是……）

我想大家應該都已經察覺到了，先說出來也無妨吧？

「然後呢？這當中有哪些是老千牌啊？」

「嘻嘻！」

理子露出頑皮小孩的眼神，對我的發問笑了一下。

「這一點只有理子才知道喔。跟骰子比賽時一樣，兩副牌當中有一副是普通的牌。而要使用普通牌的時候，我才會事先宣告。」

看到理子「哼哼～」地用鼻子笑著，挺起胸膛……

「不，那可不行。玩骰子的時候，因為妳沒參加，還沒什麼問題。但這次有所謂的『敗者參加』規則，妳也會以某種形式參加遊戲。這樣妳偏袒的人就會擁有壓倒性的優勢了吧？」

「不過，我也有可能偏袒欽欽不是嗎？」

理子對我拋了一個甚至會有星星飛出來的媚眼。

「……妳這樣說、是沒錯啦……」

「包含理理的存在在內，都是可以炒熱遊戲氣氛的因素呀！好啦，各位聽好！」

理子張開手臂，轉身看向大家——

「首先，這次的梭哈基本上就是由『主玩家』之間進行一對一的比賽！文文、忍忍與欽欽三個人之中，有兩個人要以自己的衣服為賭注進行對戰！至於要由誰跟誰對決，就是在比賽前用骰子決定～！」

這……！視運氣，搞不好可以很輕鬆啊。

因為如果沒有被選為進行對戰的兩名選手，就根本不會有失去衣服的風險了。

舉例來說，如果從頭到尾都是平賀同學跟風魔對戰的話，我就有可能可以不戰而勝了。

聽到理子說出如此有甜頭可嘗的規定，我忍不住豎起耳朵專心聆聽了……

「但是，兩名『主玩家』不可以觸碰撲克牌。不論是抽牌還是換牌，都要由淘汰者當中各選一名『騎士』出來幫忙進行。換句話說，就是代打制度。當然，『主玩家』可以對『騎士』發出指示。然而最終決定權還是在『騎士』手上。『騎士』可以不聽『主玩家』的話，自己行動喔～」

原來如此……『騎士』的能力也會影響到勝負就是了。

因為實際上能觸碰到撲克牌，並做出老千行為的，主要是『騎士』啊。

「另外——兩位『主玩家』都會各自有一名『切牌手』與『間諜』。『切牌手』負責將撲克牌分對半進行洗牌……」

切牌手……根據人選，也搞不好能夠作弊也不一定。

雖然重要程度不如『騎士』，但依舊還是算同伴啊。

「而『間諜』……就是要站在敵對的『騎士』身後，負責看敵方的牌！雖然不可以直接說出對方的牌型，但是在開牌前可以有十五秒的時間向自己的『騎士』提出建議。而為了防止自己的牌被對方『間諜』看到，『騎士』也可以選擇抽了牌不看，一直蓋在桌面上，完全靠運氣分高下喔。」

這樣『間諜』將會是決定勝負關鍵的存在。

如果對手的牌不好，就可以建議「開牌」；如果對手的牌好，也可以建議「放棄」了。

「話說，這要比幾次啊？要賭籌碼一直比下去嗎？」

很在意時間的我，裝作若無其事地如此問道。

「不，用籌碼形成拉鋸，一直拖下去的話，不符合脫衣遊戲的趣味。所以開牌只有一次，立刻分出勝負！」

「換言之，輸掉一次便脫一件——如果是在下的場合，就會當場被淘汰的意思了吧？」

風魔即使只剩一件上衣，也依舊凜然地開口問道。

「沒錯。不過三位『主玩家』都各有一次『放棄』的權力。如果放棄了，就不用脫衣服喔。所以要是自己的牌不理想，而對方又好像不錯的話，『放棄』也是一種選擇。這時要對『騎士』傳達放棄的意思，騎士同意的話，『放棄』就成立。取而代之地——在下一輪中，不管自己的牌有多爛，都不能再放棄囉！」

這傢伙，又是那麼開心地說著玩弄人心的規則……

「那關於其他的規則呢？我了解只會開牌一次了，但換牌又可以換幾次？」

「也是一次，就跟一般的換牌梭哈一樣。鬼牌可以當萬能牌。還有，抽牌的時候是要從牌堆上方開始抽、牌堆下方開始抽還是把牌堆隨意散在桌面上抽，由擲骰子決定。這是為了防範洗牌或發牌時的作弊行為。」

很好很好。

整體來說，算是很快就能分出勝負的規則啊。

不過話雖如此，像是「主玩家、騎士、切牌手與間諜」的制度，或是「只能『放棄』一次」等等，還是有很多特殊的部分。看來就算不是風魔，我也要繫緊兜襠迎戰才行。

從生存者之中選出兩名『主玩家』的命運骰子被擲出——

「欽欽！」

嗯，以運氣不好出名的我，果然被選中啦。

接著，我的對戰對手……

「哇呀呀呀！運氣真不好的啦！」

是裝備科的小不點武偵——平賀同學。

理子接著再擲一次骰子，決定使用的牌是「普通的撲克牌」了。

至少這樣可以先確定，撲克牌本身不會有老千要素啦……

「在開始比賽前，先讓我確認一下賭桌。」

我姑且檢查了一下賭桌上有沒有像超小型攝影機之類的可疑設備。

不過……遊戲中使用的只是普通的木桌，看來是沒問題了。

「欽欽的疑心病真重呢～明明戴著眼罩就看不到，你還想要抓到作弊，把理子脫光光嗎～？」

「才不是那樣！這是為了不要輸。畢竟我也不想被脫衣服啊。」

我一邊說著，一邊又把桌子附近的時鐘、牌盒、湯匙等等可以當作鏡子來用的東西都移走了。雖然浪費了一點時間，但這樣一來就沒有人可以偷看到我的牌作弊了吧？

接著，第一輪的「主玩家、騎士、切牌手、間諜」小隊分配是——

我的小隊……『騎士』風魔、『切牌手』理子、『間諜』白雪。

平賀同學的小隊……『騎士』貞德、『切牌手』亞莉亞、『間諜』蕾姬。

（這樣也算是一種勢均力敵的布局啊。）

就在大家走到桌子邊、『間諜』站到『騎士』身後的這段時間中，我沉思著。

雖然知道老千牌原理的理子被分到了我這邊，但畢竟這次使用的是普通的撲克牌，所以不算戰力。

而蕾姬被分到敵隊雖然很不幸，但那傢伙是可以光明正大看我牌的『間諜』。因此她優秀的視力也無用武之地了。

「梭哈～梭哈～，好有趣呢～。嘻嘻嘻！」

「我對梭哈倒是沒什麼好的回憶呢。」

理子與亞莉亞如此說著，並進行洗牌。接著擲出骰子後，決定是「直接從牌堆上抽牌」了。到這邊也很普通。

最後，雖然由『騎士』代打的規則有點特殊……
「那麼，在下就抽五張是也。」
「畢竟是你們先攻，就抽吧。抽出導引你們毀滅的牌。」
不過我的『騎士』風魔，與平賀同學的『騎士』貞德……
即使都擁有特殊能力，但並不是能用在梭哈遊戲上的類型。
也就是說，教人感到意外地，這次幾乎就是一場很普通的梭哈比賽啦。
「……」
風魔抽出的五張牌是——
黑桃J、紅心J、梅花J與紅鑽10跟2。
不壞嘛，是三條呢，而且還是有圖案的牌。
正當我這樣想的時候，坐在賭桌對面的貞德……先輕輕露出微笑，接著抽牌。
看到牌之後，貞德臉上的微笑依然沒變。
「雖然我等一下也可以聽『間諜』蕾姬轉告啦……不過遠山，你剛才微笑了一下呢。」
糟啦！因為牌實在不錯，讓我的嘴角忍不住上揚了。
「玩梭哈的時候，為了不要讓對手推測出自己的牌——必須隨時提醒自己固定一個表情。這是基本中的基本。你連這一點都做不到呀？」

「誰、誰知道咧？搞不好我剛才的表情是在晃點妳啊。」
「從你立刻做出這種發言的反應來看，就證明你不是在晃點我了。」
貞德白皙的美人臉保持著微笑，開始對我打起心理戰。
忍不住讓表情又僵硬了一下的我……決定還以顏色，試圖看出貞德在知道我「牌不錯」之後，究竟會露出什麼臉。
可是……
她、她的表情完全沒變，就跟抽牌前一模一樣。完全讀不出來啊。
「這是貞德．達魯克一族代代相傳的『冰之微笑』——保持冰塊般的心，無論發生任何事情都能不動聲色的祕技。我崇高的族人自古以來，就靠這項技術度過了軍事會議、法庭與拷問等等難關，有時候甚至創造出對自己有利的狀況呀。」
她竟然藏有這一手……看來是我調查不足啊。
不過話說回來，她竟然把祖先代代相傳下來的招式，用在脫衣遊戲上。
我看那些崇高的祖先們，應該也在墳墓下哭泣了吧？
（既然這樣……平賀同學又是怎樣？）
我把視線看向平賀同學的方向……發現她竟然用小小的手掌遮住臉，從指縫間窺視貞德手上的牌。真、真奸詐！居然會有那種「撲克臉」，太誇張了！
哎呀，讓平賀同學來做的話，感覺就好像小孩子在玩「看不見看不見、哇」一樣，很可愛就是了。

「那麼，在下要換牌是也。唔……換兩張可以嗎？」

身為忍者的風魔，看在一旁的我眼裡，確實是一張撲克臉啊。

畢竟諜報科的學生在上課時有受過訓練，讓自己即使遭到審問或是使用測謊器，都能抱持平常心。順道一提，聽說諜報科這項對付審問的訓練，是跟審問科的學生共同進行的。而上完課之後，雙方會有不少人感情變得很好。

為什麼又被打又被虐待之後，感情反而會變好？這點對我來說也是武偵高中七大不可思議之一啊。

「——師父？」

「啊、換吧。呃、兩張就好。」

我因為腦袋在想別的事情的關係，被風魔一問就稍微慌張了一下。

不過……我這個反應或許反而比較好也不一定。

畢竟如果我立刻就說「換掉兩張」的話，等於在宣告自己是三條啊。

而現在這樣，對方應該多少會感到混亂吧？

然後……風魔換到的牌，是紅鑽9跟紅鑽……3。

不行。這樣既不是四條也不是葫蘆。

三條J，我方的牌型就這麼確定了。

（風魔這傢伙，明明是個窮光蛋，卻給我拚命抽到鑽石。）

我雖然在心中如此挑剔抱怨著，不過……

哎呀，算了，三條也不算壞啦。雖然也說不上好就是了。

接著，輪到貞德換了三張牌的時候——

「嗚呵！」

平賀同學開心得不小心發出聲音來了。

就算她用手掌做出獨創的撲克臉，還是沒辦法做到撲克聲啊。

貞德雖然依舊維持著「冰之微笑」，然而她白皙的肌膚卻背叛了她——

或許是在對平賀同學剛才發出的聲音感到生氣的關係，她的額頭上一瞬間冒出青筋了，而且還是十字型的。

（對方的手牌也不錯嗎……？）

我面不改色地稍微搔了一下後腦。

這下反而……讓我有點猶豫啦。

「好！接下來兩位『間諜』可以有十五秒的時間發言囉～！」

在煩惱的我面前，理子很有精神地如此宣告……

我的『間諜』白雪與平賀同學的『間諜』蕾姬，各自有機會對自己的『主玩家』提出建議。

因為雙方的『間諜』都不可以明確說出牌的內容，所以只能說出抽象的建議而已。

可是……

白雪竟然露出不知道該說什麼才好的表情，嘴上還小聲嘀咕著「梭、梭哈這種遊戲，星伽家沒有在玩呀。我看不到運氣的流向呀～」什麼的。

（完、完全派不上用場……！）

這麼說來，白雪在幫我忙的時候，偶爾會變得不知所措啊。

那似乎是因為她極度害怕自己失敗而惹我生氣或被我討厭的樣子。

（為什麼偏偏要挑在這種關鍵的時候，發動妳的膽小個性啦……！）

相對地，站在我後方、身穿白色純棉內衣的蕾姬則是……

「——白雪同學正感到混亂，很有可能提出錯誤的建議。因此，我不發表意見。」

冷靜地說出帶有戰略性的發言。

貞德的表情依舊難以判讀。平賀同學大概是為了不要重蹈覆轍，用右手遮住眼睛，左手則是用手指夾住嘴脣，進入「看不見、說不出」模式了。

也就是說，對蕾姬而言，她雖然可以看到我方的牌——但因為不知道對方的牌，就無從判斷要開牌還是放棄了。既然如此，乾脆慫恿白雪變得更加焦急，還是比較好的作戰。

而白雪就這麼徹底上鉤，又變得更加慌張而不知該說什麼才好。

「剩下三秒鐘──」

聽到理子這樣說道──

「小、小金，**放棄吧！**」

在最後兩秒時，白雪趕緊大叫了。

（竟然叫我……『放棄』？）

大家都面不改色地──互相交錯著視線。

亞莉亞的喉嚨「咕嚕」地發出再明顯不過的吞嚥聲。

這場比賽，意外地變得緊張起來啦。

（……貞德剛才換了三張牌……）

也就是說，她應該原本有兩張牌湊成了什麼牌型──或許是一對之類的吧？

然而，在她換了牌的時候，平賀同學發出了「嗚呵！」的聲音。

那是真的感到很高興的聲音。應該不會只是兩對之類的牌。

而且貞德也對她發出的聲音感到怒冒青筋了。

因此，對方有可能是抽到同花之類的強力牌型。

（不，以機率來講應該不太可能。既然如此，是三條嗎……？）

如果是那樣的話，我方的J很有可能會比較強。

不不不，可是，間諜──白雪也有對我發出「放棄」的指示啊。

既然她會一直考慮到時間都快用完才提出建議，就代表對方的牌型也是「不算好也不算差」嗎……嗯……到底該怎麼辦？

「那麼，欽欽，說出你最後的決定吧！要『放棄』？還是要『開牌』？」

——我、我還在考慮啊！

「遠珊、同協、擬要、放氣、的嗎？」

平、平賀同學……那是在催促我，想讓我做出錯誤的判斷嗎？

而且她為了讓我無法從語氣進行判斷，還故意用像 Vocaloid 的聲音講話呢。話說，還真的很像哩。雖然我因為不太了解，所以不知道是像哪一個 Vocaloid 啦。

「……」

我的額頭開始冒出冷汗。

而最後的結論是——「我不知道」啊。

（但是……雖然以梭哈來說，我不知道該如何判斷。不過以理子的特別規則來說……）

既然無從判斷比賽的勝負，「放棄」應該是比較好的策略吧？

雖然這樣一來——我之後不管手上的牌再怎麼差，都沒辦法再放棄了。但是我也有可能之後都不需要再上場比賽。也就是風魔跟平賀同學有可能會一直比賽下去。

只能夠放棄一次，但取而代之地是可以不用脫衣服的規則——

我就好好活用一下吧。

雖然用三條放棄很浪費……

（但是如果我不聽白雪的建議，最後輸了。她之後跟我哭鬧也很麻煩啊。）

於是我嘆了一口氣後——

「……放棄。」

聽到我這麼說，風魔便「忍，『放棄』是也」地把牌蓋在桌面上了。

可是理子卻擅自把牌又一張張翻開——

讓我方的牌——三條被公開出來了。

「哎呀~的啦！明明可以贏的，卻被躲過的啦！」

在不停「的啦的啦」的平賀同學身邊，貞德毫不隱藏地把牌攤開——

紅心8、9，梅花10、紅鑽J與黑桃Q。

是順子啊。

只比三條高一級，但也算是很強的牌。

「怎麼樣，遠山？這牌型很漂亮吧？尤其是這張黑桃Q——黑桃是象徵劍的符號。總結這副順子的『劍之女王』，實在很符合貞德．達魯克之名呀。」

貞德「唰！」地用手指夾住黑桃Q，亮在我們眼前。

……妳的祖先不是女王，而是一名騎士吧？

「太好了……沒有讓小金輸掉。」

在貞德的背後，白雪拍拍黑色內衣包覆的豐滿胸部，鬆了一口氣。

「只不過是看到順子而已，真虧妳可以提出『放棄』的指示呢。雖然是敵對對手，但妳的輔助還真是不錯呀，白雪。」

把牌堆分成一半洗完牌後，就一直都只站在旁邊看的亞莉亞，一副很偉大的模樣評論著。

「嗯，我雖然因為不知道我方的牌型，很猶豫該怎麼判斷……但是因為小金有做出當他遇到很微妙的結果時會做的習慣動作，所以我就想說我方的牌應該不算太好吧。」

「……『遇到很微妙的結果時會做的習慣動作』？我自己都不記得什麼時候有做過啊？話說，我有那種習慣嗎？」

聽到我這麼問——

白雪忽然露出滿面笑容……用雙手摸著臉頰，全身不斷扭動起來。

「有呀。因為我對小金的事情……總是……觀察得很詳細呢……」

啊。這下我知道了。

因為加納以前也有對我說過「我對金次觀察得很詳細，所以發現了」然後告訴過我——就是搔後腦的習慣啊。

確實，當我遇到壞事的時候，就會很用力搔頭。而遇到很微妙的事情時，就會輕輕搔。

我剛才好像確實也有輕輕搔了一下後腦。

「哦哦……我多少也有個底了。不過現在還在比賽中，我不會再做了。白雪，真虧妳可以注意到啊。」

「嗯，因為我一直都在看著小金呀。無時無刻，從小的時候開始，從起床到睡覺為止，一直都很仔細在看呀……」

見到白雪扭動著身體，說出微妙地有點恐怖的話——

我又忍不住想要搔頭……但趕緊忍住了。

緊接著，梭哈比賽第二輪的『主玩家』是——

「唔……！」

「哇呀呀！文文連續上場的啦！」

風魔，以及平賀同學。

（很好，我運氣不錯啊……！）

就在我偷偷竊笑的時候……

『請問該如何出手』

風魔對我發出了暗號。

——原來如此。既然生還者只有三個人，也是有這種作戰方式啊。

簡單講，只要風魔在這邊故意輸掉，我姑且就能生存下去了。

然而，這次的比賽規則並不是光靠『主玩家』自己的判斷就能決定事情。要是我做出奇怪的指示讓風魔自爆的話，很有可能會被人懷疑她有受人命令。

『正常比賽』。

我如此回應風魔後，她也回了我一句『遵命』。

而這段時間中，理子擲出骰子決定了——這次要使用不是普通牌的撲克牌。

換言之，就是老千牌了。

但是，那外表看起來跟普通的牌沒什麼兩樣啊。

不過那裡面一定有什麼機關才對。

也就是說，這場比賽雖然跟我沒有關係……不過決定勝負的關鍵，就是知道其中機關的理子了。

「那麼，就來分隊囉！究竟是哪一位『主玩家』能夠得到勝利女神理理呢～？」

總算可以出鋒頭的理子，晃動著閃耀的金色內衣，擲出決定分隊的骰子……結果發生了一件恐怖的事情。

平賀同學小隊的『騎士』……是超人・蕾姬！『切牌手』是我，『間諜』是亞莉亞。

風魔小隊的『騎士』……是（自稱）勝利女神・理子！『切牌手』是白雪，『間諜』

是貞德。

身為代打的『騎士』，竟然是超人‧對‧女神啊。

這下身為凡人的我，根本無法預測勝負啦。

「……」

「嘻嘻嘻～很夠資格做我的對手嘛～」

蕾姬與理子，兩名穿著內衣的女孩坐在桌旁互相凝視。

明明是超人與女神的對決，畫面上看起來卻像性感漫畫裡的俗氣場景啊。

「那麼……要洗牌囉。」

「我跟小金兩人攜手合作呢。」

不知道為什麼對於跟我一起當上『切牌手』的事情感到很開心的白雪，「沙、沙」地從牌堆中抽出一小疊牌，蓋到牌堆上，如此反覆。

簡單講，就是很普通的切牌方式。我記得好像是叫「抽式洗牌法（Hindu Shuffle）」吧？

「用那種方式洗牌會很花時間吧？」

我一邊說著，一邊將牌堆分成兩疊……用左右手將它們各自彎曲起來，「唰啦唰啦唰啦……」地用「鴿尾式洗牌法（riffle shuffle）」快速洗牌。

「小金好帥喔。聲音也像機關槍一樣，好帥氣！」

「這種小事，只要稍微練習一下，誰都做得到啦。」

「可是我就做不到呀～嗯……這、這樣嗎？」

「啊，喂！不用嘗試啦，會浪費時間啊。」

正當我們這對青梅竹馬輕鬆地聊著天時……

「身為敵人，不要在那邊親熱行不行？白雪也不要在那邊裝出可愛的聲音啦，會讓比賽的熱度冷掉的。」

亞莉亞莫名其妙地露出火大的眼神，狠狠瞪了我們一眼。

超可怕的。妳不是跟我一樣，是平賀同學小隊的同伴嗎？要瞪就只瞪白雪行不行？

我在心中如此抱怨，並洗完牌後——

骰子再度擲出。這次撲克牌的放法是「散亂地放在桌面上」了。

於是我跟白雪把撲克牌有些交疊地散置在面積不怎麼大的桌面上。

——準備工作結束。

「嘻嘻嘻～太好了，理理運氣太好了呀～」

就在這時，風魔的『騎士』理子——明明沒有近視，卻不知道從哪裡拿出了一副眼鏡戴上了。

她的表情笑得超賊的。難道發生了什麼好條件嗎？明明別說是看到牌型，就連牌都還沒抽的說。

不過……別太囂張了。我方的『騎士』可是蕾姬大人啊。

「那麼，我要抽牌了。」

就在蕾姬語氣平淡地如此說道的時候。

蕾姬的『主玩家』──平賀同學忽然用力舉手：

「──等一下！理子！妳那副眼鏡讓我確認一下的啦！」

在這次的脫裝桌遊中，規則書上對於懷疑對手、要求確認是否作弊的事情，是寫「可自由進行」的……我剛才也有做過類似的事情。

「哦……妳說這副眼鏡嗎～？」

理子戴著眼鏡，翻起眼珠苦笑了一下。

「這副牌本來就是以老千牌為前提的啦。然後在背面朝上的牌被放到桌子上的時候，理子的表情看起來很開心的啦。另外！理子就在這時戴上了那副超級可疑的眼鏡！一定是戴上那副眼鏡之後，就可以從牌的背面看到正面圖案的啦！」

如果老千手法被「確認」了──要老千的人就會強制被全身脫光。

就算是已經淘汰出局的玩家，也會毫不留情地連內褲都被脫掉……！

「如果那是真的，理子我就──唉呦～討厭啦～要全身光溜溜地坐在旁邊，一直到遊戲結束才行了呢～該怎麼辦啦～」

理子用手臂集中托高自己的胸部。

怎、怎麼會那麼從容不迫啊？明明自己有可能會被脫光的說。

她那樣的反應，讓大家又更加緊張起來……

「——賭上裝備科的名譽，我不允許有人靠小道具作弊的啦！」

平賀同學搶過理子的眼鏡，戴到自己臉上。

而害怕「理子全裸」這個性感炸彈的我，戰戰兢兢地問道：

「……怎、怎麼樣……？」

「唔……沒有什麼改變的啦～是文文搞錯的啦。」

「沒錯吧～？嘻嘻嘻！」

「真是太失望的啦～文文竟然懷疑理子，真是對不起的啦……**才怪！**」

唰！

拿下眼鏡的平賀同學，忽然把身體往前挺出……將臉靠近賭桌對面的理子。

「理子！把臉靠過來的啦！」

「臉……？是沒關係啦……既然文文這麼說，就只有一次喔……？」

理子說著莫名其妙的話，隔著桌子——把上半身傾向平賀同學的方向。

穿著金色內衣的胸部被重力牽引下來，搖了一下……

帶有香草味道的頭髮，從理子的背上輕輕滑落，但並沒有觸碰到桌面。

於是，平賀同學與理子的臉越靠越近……越靠越近……越靠越……

……等等、喂！妳、妳們未免也靠太近了吧！

兩個人的鼻子都快碰在一起了。

妳們突然是在做什麼啦？

難、難道是要親親嗎？雙方都是女的說。

我雖然知道兩位平常感情就很好，但我可沒想到有好到那種程度啊！

「——果然是那樣的啦！」

忽然，平賀同學雙手比出「耶～」的手勢，把上半身退回來了。

就在那個瞬間，理子……皺了一下眉頭……打從心底感到不甘心地「呿！」了一聲。

「理子，妳明明視力就不差，卻戴著**隱形眼鏡**的啦！這副一看就知道有問題的眼鏡——其實是為了隱藏真正作弊手法的偽裝！而那一副隱形眼鏡，才是真正可以發揮文文剛才說過的功能——也就是從撲克牌的背面能看到記號之類的老千眼鏡的啦！快把隱形眼鏡拿下來！的啦！」

太棒啦～！太棒啦～！

平賀同學不斷高舉雙手萬歲著。而理子則是露出不甘心的表情……從她的左右兩眼中……

「我確實……是有戴隱形眼鏡啦。」

真的拿下了一對透明的隱形眼鏡了——大概是打從一開始就戴在眼睛上的吧？

「不過這個是拋棄式的軟式隱形眼鏡，我不太建議拿下來之後給其他人再戴上喔？」

理子說著，把隱形眼鏡放在手指上捏一捏……

彷彿是在進行最後的抵抗似地，咧嘴笑了一下。

從她的額頭上，流下了一絲冷汗。

不妙。看來她真的是預定用那東西作弊的樣子。

如果被確認的話，理子就會被全身脫光啦……！

「——確實很可疑。或者應該說，那就是老千隱形眼鏡了吧……平賀同學，我勸妳還是不要為了進行確認，就把它戴到眼睛上吧。太不衛生了。」

萬一看到理子光溜溜的樣子，我的賢者政權搞不好就會內閣總辭——

因此雖然感覺像在幫助敵人，不過我還是提議不要對隱形眼鏡進行確認了。

「就讓理子在沒有隱形眼鏡的狀況下，我們重新把桌上的牌再洗一下，繼續比賽吧。反正沒有了老千眼鏡，理子也贏不過蕾姬啊。」

根據規則書上的規定，如果沒有「對作弊手法進行確認」的話，作弊就不算被證明。

因此——我這樣提議的用意就是，去除作弊道具讓平賀同學接受，而且又可以巧妙迴避讓理子脫光的事態。

「唔~蕾姬，怎麼樣?妳能贏的嗎?」

平賀同學（已經把蕾姬的開外掛能力做為前提之下）如此問道。

「雖然我並不能保證會勝利，但我可以拿到四條。」

什……!

未免太強了吧，超人……!

我還是有生以來第一次見到，在梭哈中預告自己牌型的傢伙。

而且還是四條。

那可是抽了五張牌當中，有四張要一樣啊。

「何、何故妳會如此說……?」

敵方的『主玩家』風魔──宛如被宣告死刑似地對蕾姬露出僵硬的表情。

「我想這應該不算作弊，所以我就說了。剛才金次同學在進行鴿尾式洗牌法的時候，我有看到牌的正面。當中有四張相同數字的牌──雖然在角度上，我看不到牌的背面，不過我連同牌**側面**的痕跡一起記憶下來了。」

「──!」

聽到蕾姬這麼說──大家都完全忘記了「撲克臉」這個原則，紛紛露出啞口無言的表情。

動、動態視力也好過頭了吧？

剛才我在手中彎成拱門型、一瞬間落下來的撲克牌……確實是有可能可以稍微看到表面，但蕾姬竟然全部都看到了嗎？

而且，蕾姬妳難不成擁有什麼顯微鏡性能嗎？竟然可以看到牌的**側面**。

這麼薄的撲克牌上，連一公厘都不到的側面上的痕跡，妳也能看到啊？

「另外，這次先攻的『騎士』是我。因此——那四張牌都不會被理子同學拿走的。」

聽到蕾姬說明完後……

平賀同學似乎因為可以靠強勁的牌型獲勝而感到開心的樣子……

「既然這樣，OK的啦！理子，妳就在沒有那副隱形眼鏡的狀況下，放馬過來的啦！」

她露出非常興奮的表情，舉起小手手做出萬歲的姿勢。

這樣一來，就讓我逃過看到理子脫光光的機會——不對，危機啦。

「不、呃……蕾Q，妳那再怎麼說都……是在嚇唬我吧？」

失去老千隱形眼鏡的理子，低頭看著我把撲克牌像麻將一樣進行洗牌。她的表情顯得相當僵硬啊。

很好，我就再洗得徹底一點。不管妳剛才戴著隱形眼鏡時記住了多少牌，這下一定都分不清楚啦。

接著……

「那麼，我要抽牌了。」

蕾姬如此宣告後——抽出了黑桃5、紅心5、紅鑽5、梅花5與6——

還……還真的……

還真的照她預告的一樣，抽到四條啦。

而且她呆滯面無表情的樣子，是天然的撲克臉。

理子應該連蕾姬是否真的抽到她預告的牌型都不知道吧？

相對地——站在蕾姬後面的敵方『間諜』亞莉亞，則是連撲克臉的「撲」字都做不到——睜大紅紫色的雙眼，「哇哇哇」地顫抖著嘴脣。

雖然規則上是說看到牌之後，間諜在建議時間之前都不可以說話的……

但是她根本連話都不用說啊，一看就知道她心裡在想「真的照預告抽到四條啦」。

「接著輪到理子囉。唉……我連看牌的心情都沒有啦……」

理子心情顯得相當低落，「唰、唰、唰……」地隨便抽牌。

接著連看也不看，就把牌蓋在桌面上了。

「好啦，進入建議時間……」

「——放棄吧，理子！這下只能『放棄』了呀！」

亞莉亞立刻提出了建議——

而我方的『間諜』貞德則是……

「因為理子根本沒看牌，所以我也無從建議……不過看亞莉亞的表情就知道，那邊是抽到蕾姬預告的手牌了。那就開牌吧。」

說出了極為合理的建議。

「好啦~那麼，建議時間結束……」

就在理子用毫無幹勁的聲音宣告的同時……

「開牌的啦！哎呀，不過妳們一定是會『放棄』的啦。」

平賀同學如此說道。

「正是如此，峰殿下。請宣告『放棄』是也。」

風魔提出指示——就等理子說出「放棄」，比賽就能結束的時候……

「——還妳一記『**才怪**』！勝利女神復活！這就叫女神轉生啊！」

理子忽然如此大叫，張開手臂——露出真的像女神一樣的笑臉。

「——要欺敵就要先騙我方！『騎士』決定要背叛『主玩家』，開牌！我要把牌攤開啦！」

「峰、峰峰峰峰殿下！」

見到理子冷不防地忽視指令，讓風魔被嚇得豎起了馬尾。

「我的牌型是，四條。」

超人・蕾姬攤開一如她預告的牌型——

而理子同樣攤開的牌型是……

（……！）

四張A……

還有**鬼牌**……！

「五條～☆磅——！理理贏啦～！」

——超人蕾姬竟然輸了。明明她已經外掛全開了說。

雖然實際上是平賀同學被脫掉上衣，讓她那件邊緣上有用麥克筆寫著「2—C平賀文」的內衣公開在大家面前了……

不過比起她那件貨真價實的小孩內衣，還是蕾姬徹底落敗的事情讓我比較驚訝。

而且立下大功的理子所使用的手法，到最後還是沒被揭穿啊。

「『眼鏡是幌子，實際上的手法是隱形眼鏡』。讓人產生這樣的想法——但其實兩邊都是幌子，隱藏另一個真正的手法。這就叫雙重偽裝吧～？」

瞇起眼睛賊笑的理子……四月在ANA600號班機上跟我們戰鬥的時候，就被我靠雙重偽裝打敗了……而這下，她在形式上成功報了一箭之仇啊。

不過話說回來，剛才的理子——還真虧她可以那樣自由自在地裝出不甘心或沮喪的表情啊。真不愧是千面人理子小姐，大家都徹底被她騙了。

理子的老千牌原理之謎還沒有被解開，比賽就進入了第三輪——

『主玩家』是平賀同學，還有我。

平賀同學身上只剩一條裙子可以脫了。

牌堆決定使用「普通的撲克牌」。已經習慣幕後工作的亞莉亞將牌拿過來開封了。

雖然牌的外觀跟剛才的「老千牌」沒什麼兩樣，不過這樣不確定要素就可以少一項了。

（好，我一定要贏……！）

我眼罩底下的雙眼變得銳利起來，全身充滿鬥志——可是最後發表的分隊卻是……

平賀同學小隊的『騎士』……又是蕾姬！『切牌手』貞德，『間諜』理子。

而我隊上的『騎士』是亞莉亞……！『切牌手』風魔，『間諜』白雪。

這根本是能想像到最壞的組合之一啊。

「太棒的啦！」

平賀同學這時已經開始又蹦又跳了。而她的隊伍上……首先，蕾姬跟理子湊在一起了。而且『騎士』就是剛才雖然落敗，但依然是大橫綱等級的蕾姬。

相對地，我方的『騎士』卻是……

「我以前有一次玩梭哈輸得很慘，就金盆洗手的說。好久沒玩了呢。」

明明穿著撲克牌花紋的內衣，卻一點鬥志都沒有的亞莉亞。

我跟亞莉亞住在一起所以很清楚……她根本完全做不到什麼撲克臉。

而且感情表現非常豐富。是個很容易被看穿想法，容易到不行的女孩子。

「亞、亞莉亞，妳注意妳的表情就好。牌交給我來看。」

「那我的眼睛要看哪裡啦？」

「妳就把視線固定在遠方就行了。」

「……好啦，我知道了。」

「我也會對妳發出指示的。」

「我說你喔～我知道了啦，不要露出那種不安的表情行不行？梭哈不過就是機率的勝負而已不是嗎？會贏會輸都是運氣決定。機率二分之一、百分之五十、一半一半啦。」

這、這是什麼話……！

簡直就是梭哈的超級外行人才會講出口的話啊！

在不好的意義上感到錯愕的我面前，風魔與貞德開始洗牌了。

與蕾姬同是平賀同學小隊的貞德，跟剛才的我一樣……「唰啦唰啦唰啦……」地用「鴿尾式洗牌法」洗著牌，而且牌的彎曲幅度還比較大。這應該是為了讓人肉掃描機蕾姬可以看得更清楚吧？

而我方的切牌手——風魔則是為了對付蕾姬，用遮掩的動作洗著牌。不過，我還是要把貞德洗的那一半都被蕾姬看到為前提來思考才行啊。

（至少抽牌的方式正常一點吧……）

我心中的祈禱完全沒有被上天聽到。最後決定的放牌方式……

又是「散亂地放在桌面上」了。這下沒輒啦。

接著，貞德與風魔把撲克牌散放在桌面上……

蕾姬目不轉睛地注視著牌……

「那麼，我要抽牌了。在我掌握的牌中，這個組合應該是最強的。」

她說著，抽了五張牌。

「接下來輪到我囉。」

「亞、亞莉亞，總之妳不要看牌，把視線固定在遠方啊。」

「就是因為金次那樣說，所以我從剛才就在做了啦。你看不出來嗎？」

我聽到亞莉亞這麼說，於是從旁邊看了一下她的紅紫色眼睛……

……確實，好像有點雙眼無神的樣子。很像是透視桌面，在看著地板的感覺。

「那就……這張、這張跟這張、這張……還有，這張。因為理子在後面看，所以我就不翻開了。」

亞莉亞用力把上半身往後一靠，甚至感覺可以聽到「碰！」的一聲效果音。

話說，至少也讓我看一下牌吧？妳難道連換牌的機會都要放棄嗎？

（不過哎呀，畢竟對手是蕾姬……亞莉亞就算做那種事情也是白費力氣吧？既然這樣，讓在身後監視的『間諜』理子什麼話也沒辦法說，或許還比較好也不一定。）

就在我想著這樣消極的事情時——

「……要換牌嗎？」

理子忽然用一種彷彿從喉嚨深處發出來……很像「裡理子」的聲音問道。

「不需要。」

蕾姬毫不猶豫地說道——而亞莉亞則是……

「沒必要。反正妳也是明知故問的吧？理子。」

如此說著，用鼻子「哼哼」地笑了一下。

「……呿！好啦，那就輪到我跟白雪的間諜建議時間。我的指示是『放棄』。」

敵方的『間諜』理子，這次又用毫無幹勁的聲音如此說道。

「咦？為什麼是『放棄』？呃，我不可以這樣驚訝對吧……小金，聽我說，蕾姬真的很強，就算你輸了也不需要感到丟臉喔。」

我方的『間諜』白雪，根本已經把我會輸的事情當作前提……開始對我進行心理治療了。

就這樣，建議時間結束——

「蕾姬，開牌的啦！這種狀況下竟然要我『放棄』，理子背叛了我們的啦！」

「亞莉亞，我剛才已經把唯一的一次機會用掉，不能再放棄了。開牌吧。」

雙方的『主玩家』這麼說著——

「那麼，我就不遵從理子同學的建議了。開牌。」

「我也要開牌。在我的字典中，沒有『退縮』這兩個字呀。」

蕾姬與亞莉亞，兩位同樣穿著100％純棉內衣的S級武偵，正面對決了。

哎呀，反正一定是亞莉亞會輸的啦。算了，我就做好脫掉汗衫的準備吧。

「我是同花順。」

蕾姬「啪」地開出的牌是……

紅鑽的3、4、5、6、7。

好啦好啦，好強喔，比剛才的四條還要強呢。

然後呢？亞莉亞又是什麼？反正一定是什麼牌型都沒有吧？

「來，同花大順。」

亞莉亞用娃娃音說著，翻開的牌是——

喂、喂喂喂……？

紅心的10……J……Q……K……A……！

……還真的是……！

無敵牌型，同花大順……竟然……被她湊到了！

我、我記得要一次就湊齊這個牌型的機率，是六十五萬分之一吧？

「嗚哇呀——！」

平賀同學用力往後飛去，結果她的頭就這樣被夾在白雪的胸部之間了。

「好啦好啦，結束囉。白雪，把平賀同學的裙子脫下來吧。」

亞莉亞充滿酷勁地說著……於是白雪就像在幫自已的妹妹換衣服一樣……「唰！」地一聲，把雙眼發暈的平賀同學身上的裙子脫下來了。

出現啦，後面印有小熊圖案的內褲。在現在這個時代，就連小學生都會說「太孩子氣了」而不願意穿的內褲，平賀同學為什麼總是在穿啊？

哎呀，雖然對我來說，因為那內褲在爆發性的安全度上比較高，所以是沒什麼關係啦。

脫裝桌遊準決賽——梭哈比賽，最後在平賀同學慘遭淘汰之下落幕了——

「喂，亞莉亞，妳剛才那是作弊的吧？」

「對呀。」

規則上是規定，只要有人被淘汰，就可以說出之前用過的作弊手法沒有關係。因此亞莉亞很乾脆地就承認了。

「妳是怎麼做到的？」

「就是把第二輪用過的那副老千牌混在牌中呀。剛才那五張就是老千牌了。」

「混、混在牌中……？」

「大家都太過依賴高難度的手法了啦。像這種時候，簡單的作弊手法就會很有效了。」

確、確實是這樣講沒錯啦……可是妳還真有膽量啊。要是被發現的話，就會當場被脫光光的說。

「可是理子也知道那個老千牌的原理吧？沒有被發現嗎？」

「是有被發現呀。可是對理子來說，那個老千牌的手法被說出來的話，也很不妙吧？畢竟她自己剛才也有用過相同的手法呀。所以我就想說，她應該沒辦法說出口吧。」

雖然這也是很單純的邏輯，不過確實是那樣沒錯。所以理子才會表現得那麼不甘心啊？

「……那到底是什麼樣的老千牌啊？」

「答案不就是你自己說出來的嗎？」

……啥？

「我還以為你已經發現的說，果然是笨蛋金次呢。來，看著這張牌——『把視線固定在遠方』。」

亞莉亞說著我剛才講過的臺詞，「唰」地拿起剛才她自己的牌當中的紅心A，讓我看到背面。

「把視線、看向遠方……？」

我照她所說的，雖然要透過眼罩……不過還是將視線隔著撲克牌，注視遠方的牆壁，並且看向撲克牌背面的花紋。

結果……『H（Heart）A（A）』……

撲克牌的背面，竟、竟然浮現出文字了……就像是從牌面跳出來一樣！

我明白了。這是利用「立體圖」的手法啊。

這撲克牌背面的花紋……雖然乍看之下是沒有意義的複雜花紋，但只要利用雙眼的視差，錯開眼睛的焦點，就可以看到紋路上浮現出文字了。這種不可思議的圖案，以前曾經流行過一段時間啊。

理子隱藏在雙重偽裝背後的真正手法——原來就是這個。

確實是很單純的手法，所以才會被個性單純的亞莉亞發現是吧？

好啦，剩下的時間——只有三分鐘。

不過，無論最終決賽的比賽項目是什麼，我都可以輕鬆獲勝才對。

畢竟我的對手是風魔。她本來就是會為了我而戰的手下啊。

所以第七回合開始的同時，風魔自爆↓脫裝桌遊結束↓我立刻逃跑。

這樣的展開簡直可以說是已經確定啦。

（我一定可以生還了……！）

風魔啊，雖然妳平常就像個白痴，完全派不上用場。但這次妳真的是立下大功了。下次就讓我好好犒賞妳，請妳吃個炒麵麵包吧。

就在遭到淘汰的平賀同學開始選擇下一場遊戲項目，而大家也跟在她的背後時……

「師、師父，在下一場比試落敗之前，在下有件事情要先報告是也。」

風魔忽然——偷偷在我耳邊竊竊私語著。

「什麼事？」

「呃、那個、其實……在下……並不知道今日原來是要進行這樣的比試，還以為是師父要教導在下房中術的關係……」

「防蟲術只要噴一噴防蚊液不就好了？妳到底想說什麼？」

「呃，就是在下、並沒有像其他女子一樣……穿著束胸巾……或者應該說是『胸罩』的東西……甚至應該說，在下根本沒有那種東西，所以並沒有穿是也。」

「……啥……？」

「簡單來說，在下的上衣底下，是人家所謂的『無罩』狀態是也。」

這、這、這個……白痴女人……！

難怪我才想說妳為什麼要先脫裙子勒……！

「——師父，請問要如何才好？」

什麼「要如何才好」啦！妳報告得太慢了吧！

怎麼會有這種事情……！

我原本還以為妳是我的同伴……但妳根本就是**最終大魔王**吧！

Gunshot For The Next!!!

7彈 人生就是遊戲

「人生就是遊戲！」

我聽到理子的聲音而轉過頭去——

就看到只穿著內衣的理子與平賀同學協力拿起一個桌上遊戲的盒子，亮給大家看。

而所謂的「大家」……亞莉亞、白雪、蕾姬與貞德，身上也都只穿著內衣。

要是讓教務科看到這情景……絕對會賞我一頓體罰滿漢全席的。

如果是普通的男生，或許會不惜花錢也想看到這情景，但對我來說，根本就是恐怖到背脊都會凍僵的場面啊。簡直就像六顆塑膠炸彈排列在我眼前一樣。

萬一只能再撐三分鐘的賢者爆發模式解除了……↓我立刻進入爆發模式↓對全部的人展開金次無雙↓事後遭受大家集中攻擊↓臨終。

——就會變成這樣啦。

而站在我旁邊看著理子她們的風魔，下半身也只穿著一條兜襠。宛如小鹿般健康而緊實的雙腿完全露了出來，上半身也只穿了一件上衣而已。

脫衣遊戲大會，「脫裝桌遊（Cast Off Table）」——最後一回合，是我跟風魔的一對一單挑。

而風魔……其實是我偷偷安排在這次大會中的手下，也就是所謂的樁腳。

因此我本來以為最後一回合應該可以立刻讓風魔脫掉上衣，取得最終勝利的。但我的獲勝方程式——卻在剛才徹底被顛覆了。

（明明就服裝上來講，只有風魔看起來還算安全的說……！）

可是這傢伙就在剛才，告訴了我一件讓我的危機更加嚴重的事情。

沒想到，女性在出現第二性徵之後必定會穿的那個帶狀的內衣，也就是所謂的、大家都知道的「那個」，風魔竟然、**沒有穿！**她是這麼說的！

換言之，在風魔的上衣底下，完全沒穿東西，是光溜溜的。

（上衣底下是裸體的話，我想脫也脫不掉吧……！）

要是被那樣乾坤一擲的攻擊擊中，我體內的賢者也會當場噴鼻血昏倒的。然後愚者，或者應該說是平常的我，即使套用了『對年紀較小的女性感受到的性刺激減半』這條內規，也會游刃有餘地進入完全爆發模式啦。

（可是……可是！）

剩下的時間只有三分鐘了。不管下一場遊戲是什麼項目，我除了脫掉風魔的衣服之外——沒有其他從這個房間性感（Seikan），不對，生還（Seikan）的選擇啊。

竟然會在腦袋中用錯漢字，看來我的賢者大人已經衰弱到不行了。剛才那一定是我體內的愚者操縱血流，讓我腦袋中出現奇怪的文字不會錯。

（──已經快要撐不住了！）

就在我心中感到焦急的同時，理子她們回到我面前……

「遠山同學！文文決定下一個遊戲是這個！『生涯遊戲』的啦！文文小時候跟哥哥，還有工廠的大哥哥們經常在玩這個的啦！」

現在一樣看起來年紀很小的平賀同學拿給我看的桌上遊戲是──

（生、『生涯遊戲』……！）

生涯遊戲是ＴＡＧＡＲＡ公司出品的一款長壽遊戲。基本上就跟普通的陞官圖遊戲一樣。

唯一的追加要素──就是根據走到的格子上寫有的人生事件，會有金錢的收入與支出。而最終勝負就由所持的金錢多寡決定。可以說是幼童也會玩、幾乎沒有戰略可言的單純遊戲。

「畢竟是最後一回合，不靠技術而完全看運氣也是很不錯的結束方式吧！嘻嘻！」

理子說著，對我拋了一個媚眼。而我則是──

（……完蛋了……）

當場領悟到自己被逼到絕境了。

這個遊戲，如果所有人都參加的話……絕對不可能在三分鐘內結束的。

也就是說，不管怎麼想，賢者大人都會在遊戲途中喪命。

愚者們會接著群起抗爭，在我體內引起爆發性革命啊。

（……可是！）

武偵憲章第十條！不要放棄。武偵絕不放棄！我不可以忘記這一點。

我低頭看著被攤開在柔軟地毯上的『生涯遊戲』棋盤，腦中拚命思考著突破難關的手段。

一定有什麼方法。一定有。我首先必須要好好**觀察**這個遊戲才行。

我緊咬著牙根看著……就在這時，愚者忽然擅自操縱了我的眼球。

結果我看到了拿出玩具鈔票的平賀同學、朝向我這裡的小屁股，以及包覆著那個屁股的幼兒內褲。

印刷在內褲上面、了無新意地寫著「KUMA（熊）」的小熊，跟我對上了視線。

（我、我是在觀察什麼啊……！不對不對！）

我趕緊把視線從平賀同學身上移開，結果愚者又操縱了我的外眼肌——

這次換成正在讀著說明書的貞德、銀白色的內褲映入了我的眼簾。

離美麗的肚臍下方有一段距離的布料，幾乎讓乳白色的肌膚都透出來的精緻蕾絲一路往下延伸……只、只有必要的部分才有不透光的布料。

而且那個布料……也、也超薄的……！薄得可以……！怎麼會有這種內褲啦！

難道外國的女高中生，平常都是穿著那種東西嗎？我生為日本人真是太好了。

（——不不不！不對吧！我要找的是生存下去的道路才對！快**找**啊！金次！）

就在我移開眼罩底下的視線時——愚者又來妨礙了！

這次看到把汽車形狀的棋子從盒子裡拿出來、只穿著內衣蹲坐在地上的蕾姬……她蹲坐的方位，剛好可以讓我從斜前方看到，真是太棒了。

……不對啦！這景象太糟糕了吧！

首先，從併攏的膝蓋延伸下來的纖細大腿上，看不到任何瘀青或傷痕……完美的線條宛如活生生的人偶。

而左右大腿的根部，從我的角度可以看得一清二楚。清楚到讓我完全可以判別「蕾姬果然是女孩子啊～」。

白色純棉內褲的那個部分，因為蹲坐姿勢的性質上——被胯下關節從左右擠壓，呈現出一道曲線。

那女性身體部位活生生的感覺，與綽號叫機器人的蕾姬本人產生了印象差距……對我的心理造成了異常的吸引力。

長久以來欺騙著民眾的「蕾姬不注重打扮」的安全神話輕易崩潰，讓賢者的堡壘又被攻下一城。

（——拜託！不要一直去**找**下半身啊，金次！未免太故意了吧！）

我應該要找的，是生存下去的路啊！於是我像是在逃跑般趕緊把視線別開——這次輪到理子了。

「呀哈！感覺好像變成富翁了呢！」

她那在部分男生之間被稱為「巨乳蘿莉」的——天真無邪的臉蛋開心地笑著，並且把遊戲用的假鈔票灑向空中，用身體碰撞著亞莉亞。

順著她碰撞的力道……與那張臉極不相稱地有著深邃的乳溝、宛如兩顆小哈密瓜的胸部也跟著搖動起來。

而包覆著那對胸部的金色胸罩上，裝飾著充滿少女趣味的蕾絲。

簡直就像用卡士達醬裝飾得很美味的巨大布丁。

巨大法式布丁啊。

（——不對啦！我現在明明就應該要想辦法抑制爆發模式的說……！）

快逃啊，視線！

……啊——！拜託！為什麼要讓愚者控制我的眼球肌肉啦！這次——輪到白雪了。

她趴在地上收拾著理子撒出來的鈔票……

明顯有E罩杯的雙峰，遵從牛頓的萬有引力法則，朝著地球垂下——不、不斷搖晃著。牛頓的蘋果，有那麼大顆嗎？那簡直就是小玉西瓜了吧！

包覆著那兩顆西瓜的黑色絲質內衣充滿光澤，應該舒服到讓人會想一摸再摸吧？

白雪穿著上下一套應該價值不只一萬元的絲質內衣，趴在地上呢喃著「一萬元鈔票呢……」然後轉向我這邊——

結果宛如ω符號般從肉體垂下來的雙峰，開始做振子運動了。

這次是傅科擺原理。是Holstein（荷蘭乳牛）提出的法則啊。

（冷、冷靜、冷靜靜、冷靜下來啊、金次……！）

雖然那對胸部被全罩式胸罩整個包覆起來，算是**不幸**中的大幸。然而這個狀況對我來說依舊是不幸啊。

原、原來我平常……都是跟擁有那種危險物質的女人、一起生活的啊……！

「呃……十萬元鈔票在……」

搖晃著豐滿的胸部、原地轉圈的白雪，這次輪到同樣很豐滿的臀部轉向我這邊了。

（超、超大的……！這邊也超大的……！）

在身體構造上，女性的臀部會比男性更有肉。這是因為女性的身體有一天會面臨懷孕、生產的事件，所以上帝將她們的骨盆設計得比較大的關係。

而白雪穿的那條同樣用絲綢製成的黑色內褲……緊密貼合在臀部上，整個被撐開來。宛如細雪般白皙的大腿看起來相當柔軟，如果伸手一抓，搞不好手指都會陷下去了。毫無疑問地，那絕對是安產型下半身。

妳全身上下該不會都是用棉花糖做成的吧，白雪？

星伽家的巫女代代都生下很多小孩的理由……我終於理解了。那下半身確實應該可以生下很多健康的小寶寶吧？而且也絕對養得起小孩，因為乳房就跟乳牛一樣大啊。

（怎麼會……怎麼會看起來那麼軟啊……！）

彷彿在強調身體的柔軟似地，白雪那條內褲像細繩一樣的部分——明明內褲本身看起來並不會太小件，卻微微陷入腰部的肌膚中了。

不，我現在才注意到——

那套內衣到處都微微陷入了牛奶色的嫩肌中……！

肩帶陷入肩膀與背部，而黑色的布料本身也……等等、喂、喂喂……！

喂喂喂喂喂！喂——！

啊、啊、那部位在構造上——或許自己沒辦法確認，但拜託妳靠感覺發現一下吧！

（……不、不行了……！）

我那雙任由愚者操控的眼睛，接著看到的就是——

「喂，金次！你不要像個稻草人一樣站著，稍微來幫忙一下呀！」

在我的正前方雙手扠腰，「吼！」地露出犬齒的——神崎・H・亞莉亞大小姐。

穿著內衣、的樣子。

身高一四二公分，體重（根據理子的資料）三十四公斤。

三圍的上圍，看起來有70……但那其實是集中托高型內衣的偽裝，實際上是65。

腰圍與下圍則是小女孩常見的魷魚腰，分別是50與67。

誇耀著她那說是小學六年級生或國中一年級生也能被人相信，或者說國中三年級以上就不會有人相信的幼兒體型的亞莉亞——

皺起形狀優美的粉紅色眉毛，把臉逼到我面前來。

（不、不要靠近我、不要讓我看到特寫！）

我現在可是沒辦法照自己的意思控制眼球的動作啊！

當然，我沒辦法老實地這麼說，只能「哦、哦哦」地點頭回應——

結果隨著我點頭的動作，讓我從頭到腳把亞莉亞的全身都看光光了。

而且主要的注意力都放在愚者血流軍會高興的部分。

首先是讓人可以輕易想像到年幼時的長相，或者應該說搞不好從那時候就沒什麼變化的臉蛋。那可愛到甚至曾經登上義大利雜誌封面的臉蛋，馬上就讓我飛揚起來了。

好、好可愛。不管看幾次，都好可愛。

這傢伙一反她金氏世界紀錄級的凶暴個性，外表就是很可愛啊。只有外表啦。

而且——可愛的不只是臉蛋，還有她的胸部。

相對於旁若無人的態度，她的胸部看起來非常謙虛。現場的七名女生之中，就屬她最小。甚至比平賀同學還要小。

簡單講，就是所謂的貧乳。

她本人也很在意這一點，所以都穿著可以將A罩杯的胸部利用內藏鋼絲勉強集中托高的內衣……然而，世上的道理就是**原本就沒有**的東西，也無從集中或托高。於是內衣跟肌膚之間就會產生縫隙，呈現出只有布料是B罩杯的悲哀畫面。

……但是！

正因為如此，所以很不妙啊！

被亞莉亞靠得這麼近的話，因為我們之間的身高相差了二十五公分以上──所以我可以透過現實（A）與理想（B）之間的縫隙，看到內部的構造了……！

然而，這時上帝選擇站在賢者這邊了。

在肌膚與布料之間，有我的頭部造成的影子。而且我平凡的動態視力，沒辦法瞬間捕捉到詳細的畫面。做得好啊，上帝！

接著，我的視線從胸部移到腹部、腰部──看到了包覆在內褲底下的纖細彎腰。

正因為那纖細的程度，反而刺激著我腦中的想像。

比起以女性來說近乎完成型的白雪，亞莉亞的腰顯得相當貧弱。然而，還是有著女孩子特有的曲線，讓人可以感受到女性嬌滴滴的感覺。愚者先生大歡喜。

接著，就是對賢者來說是猛毒，對愚者來說是主菜的──下半身的內褲。

跟胸罩一樣，在白色的布料上零星地印有撲克牌花紋的小鬼內褲……

亞莉亞竟然把手指伸進去！「啪！」地調整了一下稍微有點亂掉的形狀。

那動作讓我的腦內再度意識到「那塊布是可以穿脫的」這項理所當然的事實。

——穿脫，這個詞是由「穿上」與「脫下」兩部分構成的。

而她現在穿著。

要是脫掉，就光溜溜了。

——嗚——！

讓她這樣毫無防備地站在眼前，就會讓我輕易想像出她光溜溜的狀態了……！

「來！你也來幫忙整理股票跟保險之類的啦！」

伸出食指、紫紅色眼睛的眼角吊起來的亞莉亞……的、身體……嗚……為什麼？

為什麼我要在這種時候想像亞莉亞的裸體啦！我明明就是個討厭女性的人啊！是愚者的力量造成的嗎！我、我竟然可以看成裸體啊！

（話說……喂！）

我看了一下時鐘。就在我一直偷瞄著女生們的時候，三分鐘已經過去了啊！

賢——賢者！我的賢者！快回答我啊！

……不行了，沒有回應。看來他已經陣亡了。

取而代之地回應我的是……

『……汝……想要力量乎……？』

什、什麼？

這是什麼聲音？從哪裡傳來的？

『……汝……想要力量乎……？』

斷斷續續像猛獸般的聲音——很像過去在橫濱跟我戰鬥過的德古拉伯爵・弗拉德（變身後）的聲音，彷彿在友情客串般迴盪於我的腦海中。

我……我多少可以知道了。這是……

操控著我爆發模式的愚者軍司令官，愚蠢魔獸的聲音……啊……！

『——不想要不想要！今天我一點都不需要啊！』

在腦內的我，對著因為不知道明確的外型而只好借用弗拉德外表的魔獸用力晃手，表達拒絕的意思。

『……汝……想要力量乎……？』

『你就只懂這句話嗎！』

『亦懂其他話語。』

『那就聽我說的話啊！我說我不要了！』

『既然如此，便分給汝一半。』

『呃？一半？』

『即所謂「輕微爆發」也。』

輕微爆發……？就是那個……只有一半、微妙地在堅硬與柔軟中間的爆發模式狀態嗎？

『都難得出來了，就讓余給汝一些東西。余不願沒有工作便回去也。』

『工作還真熱忱啊，你……』

我在腦內與弗拉德交談著，連現實中的我都跟著流下冷汗了。

『倘若汝連「輕微爆發」也不接受……余便強制留下通常的爆發模式回去也。』

『我、我知道了，我知道了啦。那輕微爆發就好了！快回去！快給我回去啦！』

『謹聽從汝之心願。』

『快回去啦！』

——撲通——

在我的體內，終於……那個血流、發出脈動了。

我明確地可以感受到，這股血流，充滿了我體內的中心・中央・最深處的每一條血管中。

然而……正如我腦內的弗拉德所說的，很輕微。

通往爆發模式的充血，被壓抑在通常的一半程度而已了。

賢者死亡之後，多虧我本身拚命地抵抗，再加上公認為伊・U的第二把交椅、卻一下子就被打敗的弗拉德宛如殘留思念一樣的東西與我進行的交涉……

這確實，只停留在「輕微爆發」，別名「半爆發」的程度而已啊。

「──！」

就在這個瞬間，一件事情閃過我的腦海。

大哥曾經說過，『人類在被逼到絕境時，總會想到新的手段』……這句話是真的啊。

「──讓開，亞莉亞！」

我面對那群女孩子集團──不但沒有後退，反而勇敢衝了進去。

接著推開貞德與平賀同學，在白雪身邊「碰！」地跟她一樣趴到地上……隔著眼罩，注視畫有無數格子的遊戲棋盤。

加油……加油啊金次……！Nothing is impossible! Impossible is nothing!

（尤其是後半句，就是進入爆發模式的我啊……！）

我稍微半跪起來，抬頭仰望天花板，嘀嘀咕咕地複述著寫在棋格上的東西……

不、不行！這樣還不行！

半跪著身體的我，環起手臂，再度注視棋盤。

「小、小金……？」

因為我膝蓋跪在地板上，挺起上半身的關係，讓我的褲子正好就在趴在地上的白雪眼前。結果她莫名其妙地臉紅起來。然而──

「讓開，白雪！要是妳不讓開，就會發生嚴重的事情啦！」

我像亞莉亞一樣「吼！」地露出利齒大叫著。看到我凶猛的態度，女生們紛紛被嚇得後退……很好，這樣我總算可以看到整張棋盤了。

「呃……欽欽……？我要開始說明遊戲規則囉，可以嗎……？」

「吵死了！隨便妳們自己去做啦！我現在可是面臨著生死交關的問題啊！」

我已經做好了被女生們起疑的覺悟，不管三七二十一地——

趁著大家圍到棋盤邊開始嬉鬧之前的這段短暫時間內，努力進行著自己的工作。

該死。為什麼這個棋盤格子上的文字到處又橫又直又斜的啦？是因為考慮到會有複數玩家圍著棋盤玩的關係嗎？這種親切的設計，現在反而讓我覺得超痛恨的啊……！

而且這款『生涯遊戲』——幾乎所有的格子上都寫著明顯是自創的文章啊。應該是理子寫的白痴文章，用貼紙覆蓋在原本的格子上。

而就在那個理子對著女生們說明這次要用普通的規則進行遊戲的時候——

我則是一邊繞著棋盤周圍凝視棋格，一邊抬頭複述著文字的內容，努力將文章記憶在腦袋中。對大腦造成的強烈負擔，讓我忍不住用力喘氣起來。

（該死……如果是全開的爆發模式……就可以在瞬間把全部都記下來的說……！）

沒錯，我正在做的事情就是——

像蒙眼將棋一樣，**閉著眼睛**玩這個『生涯遊戲』的作戰。

將生涯遊戲棋盤上的所有格子都背在腦袋中，反過來利用我的眼睛被眼罩遮蓋的狀況，閉起眼罩下的眼睛挑戰這次的遊戲。就靠著輕微爆發時，比平常還要優秀的記憶力……！

這樣一來，我就可以不用再看到女孩子們那些只穿著內衣的恐怖畫面了。

只要看不見，應該就不會進入爆發模式了吧？

這就是我對愚者軍團最後的抵抗，命名為潛水艇作戰。

——像潛水艇一樣潛入黑暗之中，杜絕視覺情報給予敵軍的補給艦！

「好，我們差不多要開始囉～！」

「……嗚……！」

好，沒問題，妳們開始吧。

我已經幾乎把全部都記起來了……應該！

把大腦全部花費在記憶上，利用到極限的我，讓身心都徹底化為潛水艇——

「主水櫃，開啟進水口……！下沉！」

大叫一聲，最後看到女孩子們又被嚇得往後退下的畫面後，閉上了雙眼。

因為我看到風魔也面朝著我，於是搔搔頭、抖抖腳、用鼻子「哼哼」地呼氣、吐舌頭，對她發出『這場遊戲　無法　共同戰鬥　正常進行師徒對決　今後　斷絕聯絡』的暗號。

「金……金次，快去醫院吧？你已經開始錯亂了。」

「就算小金的心靈生病了……我還是會一直跟著你、照顧你的喔。」

「欽欽，規則書上有寫說『不承認病假』……對不起囉～」

「……」

「遠山，你的抗壓性真是太差了。這種程度的壓力就抓狂的話，可是沒辦法上戰場的呀。」

「哇呀呀……這已經不是裝備科處理的範圍，是救護科的領域的啦。」

「師父，請振作。在下等一下會獻上回神丸是也。」

即使被七名女生（當中一名沒有發出聲音）徹底擔心著，我依舊……

「——把棋子拿來。」

勇敢應戰了。面對這場最終決戰——生涯遊戲・兼・潛水艇遊戲。

從女孩子們的對話內容判斷，我立刻明白這場「生涯遊戲」是包含淘汰者在內，要以分隊的方式進行比賽了。

我的小隊是我、亞莉亞、白雪與理子。棋子的顏色分別是藍、粉紅、白與黃。而風魔小隊是風魔、蕾姬、貞德與平賀同學。分別是黑、黃綠、水藍與棕色。

汽車形狀的棋子是靠轉輪盤來決定前進格數，不過讓人覺得應該可以照自己的意思轉出數字的蕾姬，要由風魔代理的樣子。

接著，所有人都拿到假的$3000後……遊戲開始。

我接過（應該是）白雪遞給我、代表男性的水藍色插針，準備插在汽車型棋子上好幾個洞當中最前排的洞——可是……

「啊！小金……要好好插進去喔？再上面一點……不、不是那個洞啦。」

呃。

才剛開始就失敗啦。

看來只靠輕微爆發，就只有這種程度而已了。記得住棋盤，卻記不住棋子啊。

「抱、抱歉，因為我太久沒玩，都忘記了。」

我勉強含糊過去，撐過了這次的危機。

接著，我似乎是第一位玩家的樣子。於是靠著我的記憶尋找轉盤的位置。好，找到了。

「嘻嘻嘻，欽欽，你手指都在發抖呢～是在緊張嗎？好可愛呦～」

被可愛的理子小姐稱讚可愛的我，用手指撥轉轉盤。

喀喀喀喀喀喀喀啦喀啦喀啦喀啦、喀啦、喀啦……喀啦。

轉盤上的突起物撥動著指針，發出清脆的聲響……輕微爆發下的耳朵，確認到了十四次聲音。

初期的位置是「10」，所以現在應該是4了。

於是我將棋子沿著設計上呈現複雜波浪狀的格子前進，1、2、3、4……好，應該就是這裡了。而第四格我記得是……

「『第一次完成家人交代的工作，得到零用錢$2000』。」

我背出格子的內容……而大家並沒有發出「咦～」或是「不對啦～」的聲音，所以應該沒錯了。

接著，我為了拿錢而伸出手……

「遠山同學，為什麼要對文文伸手的啦？要錢就自己拿的啦～」

平賀同學發出了不滿的聲音。

我說妳啊。追根究柢，明明就是因為妳做出這個一下子就故障的眼罩，才會造成這種事態的說……！

我現在是蒙著眼睛的狀態，沒辦法自己拿錢啦！

話雖如此，我也沒辦法這樣說出口，只好——

「這、這個格子上寫著『得到』啊，不是『拿取』。再說，為了避免雙手靈巧的玩家偷拿更多的錢，應該要由敵人小隊的成員給錢才對。」

結果我的歪理最後被接受了，於是蕾姬（？）默默地把錢遞給了我。

（第一次幫忙家人交代的工作、嗎……）

我小時候第一次幫忙的工作，就是把手槍拿去給身為檢察官的老爸啊。

雖然那是基於敵人應該萬萬想不到會由小孩子負責送槍的理由，但現在回想起來，還真是誇張的工作啊。另外，在現實中我根本沒有得到$２０００，只拿到五十元的車馬費啊。

接著輪到亞莉亞，喀啦喀啦喀啦喀啦……

「『小學的時候就已經沒有朋友，休息時間都假裝睡覺度過。付出$１０００』……這是什麼啦？」

那是理子自創的格子啊。

話說，亞莉亞應該實際上就是那樣吧？畢竟她凶暴的個性似乎是與生俱來的。而且她剛才的聲音，黯淡得感覺像是被戳到心靈創傷一樣。

喀啦喀啦喀啦喀啦……

「我是『一邊照顧妹妹們，一邊幫忙家事，讀書也很用功，是個好孩子。得到$２０００』呢，小金。這下添補亞莉亞造成的損失囉。」

白雪的最後一句話似乎是對著亞莉亞的方向說的。接著，喀啦喀啦喀啦……

「『趁父母為了工作奔波世界各地的機會，在家中對傭人們頤指氣使。從此成為動不動就得意忘形的個性。付出$１０００』……啊……」

理子的聲音聽起來也很黯淡。

總覺得好像大家都停在很像自己幼年期的格子上……這是上天的安排吧？

在我的記憶中，確實格子上都是那樣寫的。

「『家境貧窮。生日的時候明明想要洋娃娃，卻得到從庭院挖出來的土偶』……是也……」

「『第一次得到的玩具，是一把真正的狙擊槍』。」

「『從懂事的時候開始，就對自己的美貌抱有自覺。是個討人厭的小孩』嗎……呼……」

「『在都是男人的老家工廠中，受到大家無微不至的呵護』……的啦～」

敵方小隊的成員們，似乎也都停在感覺很像事實的格子上啊。

結果有的人被刺激到心靈創傷，有的人回想起小時候的幸福時光而發出開心的聲音。還真是充滿因果的遊戲啊。

不久後，汽車形的棋子來到了學生時代。

大家分別停在哪一格、擁有多少＄，都靠我輕微爆發下的腦袋隨時更新記憶著。

「這一格……我記得是『班上的女生們都看著自己竊竊私語。倒退一格』。」

「什麼叫『我記得』啦。接下來輪到我囉。嘿……『班上的女生們都看著自己竊竊私語。倒退一格』……」

我跟亞莉亞停在同一個格子上。這種狀況下，要判定為後面來的車子「追撞」了。

沒有汽車保險卡的亞莉亞必須支付我＄５０００……不過因為我們是同一隊，所以對勝負完全沒有影響。

話說回來……我跟亞莉亞都確實經常在學校被女生們在背後指指點點啊。

我主要是因為女性問題上的醜聞；亞莉亞則是因為在一部分男生之間很受歡迎，而受到同性排擠。

我跟亞莉亞之間頓時飄散著一股沉重的空氣。

這遊戲已經讓我開始覺得討厭啦。

「『被選為學生會長，深受師長同學們的信賴。是大家崇拜的模範生，這樣……』……雖然文末感覺有點奇怪，不過是個好格子呢。哈哈。」

「『精神洋溢又淘氣，受到同學們喜愛。不管男生女生都歡迎，宛如偶像般的存在，這樣……』……呀哈～完全符合理子呢～」

白雪跟理子，在遊戲中似乎也都過著像現充的人生。

話說妳們，不要故意沒唸完行不行？那兩格的最後明明都接著「……這樣的表面印象」，我可是都記得清清楚楚啊。

「『暗戀學長，但是因為太笨拙，最後什麼也沒說出口就畢業了』……格、格子上、是是是這麼寫的、是也……」

「『班上第一天的分組活動，只有自己一個人被孤立』。」

「『明明是個美女，卻不知道為什麼，來告白的都是女孩子』……嗚……確實，這是為什麼呀……！」

「『在跳土風舞時牽手的男孩子，露出開心的表情，結果被哥哥用扳手痛毆了一頓』……啊～確實有發生過那種事的啦！」

看來在格子上，有時會寫著跟每個人各自的現實生活很相似的事件。

而當大家停在符合自己狀況的格子上時，現實生活過得很充實的人就會感到開心，而過得不順遂的人就會變得鬱悶起來。總覺得這遊戲越玩越痛苦啊。快點結束吧，學生時代。

喀啦喀啦喀啦……喀啦喀啦喀啦……轉盤旋轉的聲音不斷持續著。

大家的車子都依序進入了大學時代。

「我是……『想要回到過去，但是卻沒有辦法回去。時間只會不斷往未來行進。前進一格』。」

我到底是發生什麼事了啦？

「我是……應、應、『應該是自己男朋友的男生表現得很冷漠，於是拿手槍威脅，逼迫對方聽自己的話。雖然男女關係有進展，但子彈的費用付出＄1000』……」

「呃，我是……『為了搶奪情人而拿機關槍掃射。雖然巧妙地湮滅了證據，但各種費用付出了＄１０００』……真是奇怪的格子，我才不會做那種事呢～」

不論是亞莉亞還是白雪，都停在自己實際上很有可能發生的格子上呢。

將來成為她們男朋友或是情人的傢伙，真是太可憐了。

有幾條命都不夠用啊。

「輪到理理啦！嘿呀！『趁著兩位情敵在爭鬥的時候，從一旁搶走了自高中時代就看上的男生，可說是坐收漁翁之利。隨著男女關係一起前進三格』！嘻嘻嘻！」

也就是說，亞莉亞跟白雪在爭奪的X先生，最後被理子搶走啦？

簡直就像是日劇一樣的展開啊。雖然日劇中不會出現機關槍掃射之類的場面啦。

「……『但事實上，與那名男性在私底下越來越親密的人，其實是我。因為兩個人租的公寓湊巧就在隔壁。前進四格』……」

蕾姬也像個狙擊手一樣，在大學時代的日劇展開中扮演著伏兵的角色呢。

「在下是……『雖然從早到晚都在打工，但因為講話方式太奇怪，經常被開除。不過還是得到薪水＄５００』……是也……」

「接下來輪到我了。『在女僕咖啡廳打工，結果被挖角成為偶像團體的成員。獲得契約金＄５０００』哦哦～還有這樣的事情呀？」

「『開發出美少女機器人，在國際大賽上獲得優勝！』的啦！」

啊～……總覺得這些事情在現實中也很有可能發生啊。

畢竟風魔早就因為那個理由，被開除過接線生的打工了。

如果貞德將來可以看開很多事情，真的去女僕咖啡廳打工的話——應該會很受歡迎吧？

另外，平賀同學確實正在開發人形機器人啊。聽說是要做出連細節的部分都跟自己一模一樣的『文文2號』。上次我去裝備科的時候，就看到已有手臂完成了。當時我還以為是人類的手臂放在桌子上，被嚇了一大跳啊。

我一邊想著這些事情，一邊讓棋子前進。雖然步調多少有些落差——不過大家的車子都依序進入人生的分歧點、決定自己將來的區域了。

首先是我……停在像高山一樣的立體格子前面。

「……『對將來感到迷惘。休息一次』……」

在人生重要的階段，我竟然一開始就踢到鐵板啦。

總覺得在現實生活中也很有可能發生，真是太討厭了……

「我是『成為武裝偵探。中意的話就拿取職業卡，並前進三格』……我當然中意啦！」

亞莉亞很快就開始走上職業婦女的人生了。

「我是……『成為教師。中意的話就拿取職業卡，並前進五格』……老師嗎……好，我會加油的。」

「理子是……哦哦～！是『成為怪盜！』呢！我要當我要當～！」

然後就是被成為武裝偵探的亞莉亞追著跑吧？

話說，成為小偷不要那麼高興好不好？

「輪到在下了……啊啊，師父，抱歉追撞你了。『對將來感到迷惘。休息一次』是也。」

付給我＄５０００的風魔，也在人生道路上跌倒啦。

真是討厭啊。戰兄妹竟然一起在踏入社會的過程中慢別人一步了。

在我的腦中，可以想像得出來……二十歲左右的風魔實際上真的變成這樣，而付不起房租，最後揹著行囊、哭著跑來我房間的情境啊。

而念在師徒一場、不得不收留她的我（二十歲出頭），也整天無所事事地在家裡滾來滾去。

因為兩個人都很貧窮，只能每天吃著泡麵。因為沒事可做……就從垃圾場撿來一臺初代任天堂，從早到晚玩遊戲對戰。在ＰＳ５已經推出的時代，還在玩著『馬力歐』啦、『小蜜蜂』啦、『霹靂機車』啦。我穿著Ｔ恤配短褲，風魔穿著體育服。

……未免太真實了吧？

「我是……『成為牧場主人』……」

聽到蕾姬小聲說道，我忍不住噴笑出來。

適合，太適合了。

默默不語地眺望著羊群，頭上戴著草帽的蕾姬。我輕易就可以想像得出來啊。

「我停在好格子上了。『成為女優』。所謂的女優，寫起來就是優秀的女人，實在是很適合我的職業呀。『中意的話就拿取職業卡』——嗎？原來如此，也有選擇的自由是吧？」

當上高薪職業的貞德，語氣得意地說著。

哎呀……畢竟貞德確實是個登上大銀幕也沒問題的美女啊。

像她在地下倉庫偽裝是白雪的時候，演技就非常精湛了。

不過身為敵隊成員的她賺大錢，對我來說不是一件好事。因此……

「妳的一族不是那個嗎？家訓規定要活在歷史的陰影處之類的。當上那麼顯眼的職業沒關係喔？」

我稍微吐槽了一下。結果……

「是這個世界不允許優秀的女人活在歷史的陰影處呀！」

貞德語氣凜然地反駁我，華麗地登上大銀幕了。

「哇呀呀呀！文文是『創業成為社長』的啦！」

嗚哇〜這也是很有可能發生的事情啊。畢竟平賀同學很有商人氣質。

不過我想那間公司，一定也是那個吧？像是武器製造販賣之類的，要不然就是剛才開發的那個什麼美少女機器人之類的。

不管哪一邊，平賀同學感覺都會賺大錢。但是我認為對世界的影響絕對是負面居多啊。

武器就不用說了，那個美少女機器人也是，嘴上說著「她可以當家庭幫傭的啦！」可是萬一讓武藤那樣的男人帶回家，搞不好就會被迫做幫傭以外的工作啦。

終於又輪到我了，喀啦喀啦喀啦……

「……武、『武裝偵探』……」

我不中意，我非常不中意。這是我最不想做的職業啊。

可是……

「這樣下去，我搞不好一輩子都無法就業了……真沒辦法……」

我只好不得已地從莫名其妙說著「親愛的，工作加油喔」的白雪手上拿到職業卡，被迫走上一點都不普通的人生了。

後來，風魔竟然一口氣穿越了就職區域，踏上「自由業」的人生了。明明剛才就已經到處在找打工機會的說，看來妳的人生也很辛苦啊。

就這樣，棋子繼續前進。出了社會的我，這次走到的格子是——

「呃！『結婚』了。」

「有什麼好『呃』的啦？不是很不錯嗎？金次。可以拿到紅包呢。」

「我如果沒有同時結婚就太奇怪了呀，小金金金！」

「不要在我耳邊大叫啦，白雪！那妳接下來也停在這一格不就好了！」

我聽著亞莉亞與白雪說的話，並且從大家手中拿到了紅包……

白雪接著莫名其妙地把似乎是從她車子上拔下來的粉紅色插針（代表女性）拿給我，還說了一句「要讓我幸福喔」……於是我只好把它插在自己的車子上。

（結婚啊……每天回家都會看到女人，真是太討厭啦……）

話雖如此，不過其實現在的我很悲哀地，也是處在類似的狀況中啊。

後來，白雪非常用力地轉動轉盤……成功讓自己也停在結婚的格子上了。她接著不知道為什麼，擅自從我的車子上把水藍色的插針拔走，插到自己的車子上了。就算我對她說「那是我的針，快還給我」，白雪也哭著抱住汽車形的棋子大叫「不要！不要！」結果我只好從蕾姬手中拿到補充的插針，繼續遊戲了。

後來，白雪又……

「啊，生小孩了！」第一胎；「又生了呢，小金大人！」第二胎；「這次是雙胞胎的女孩子呢」第三、四胎；第五、六、七胎。生了又生，生了又生。在這個少子化的時代，不斷讓棋子停在生小孩的格子上，結果車上變得擠滿人了。

然後，我接著走到的格子是……

「『日本的法律改變，允許重婚了。因此，與第二個人結婚』……」

……那是什麼像地獄一樣的日本啦？

「小……金……？」

——嗚……？

即使我閉著眼睛，也可以清楚感受到白雪身上開始釋放出黑色的妖氣啦。

「這、這只是遊戲啊，並不是預言現實中會發生的事情好嗎！話說理子，妳也稍微思考一下再寫格子的內容吧！這一格是什麼鬼東西啦？太不合倫理了吧！」

我大聲抗議著，心不甘情不願地又拿了一根粉紅色插針，插到車子上。

更恐怖的是……

我接下來又不斷停在結婚的格子上——不知不覺間，車子上都是女人了。

而且不知道為什麼，從這時候開始，亞莉亞跟理子也開始一胎接著一胎地生起小孩。雖然沒有像白雪那樣生一堆，不過蕾姬、貞德、平賀同學還有風魔也生啦。

妳、妳、妳們這些人，到底是發生什麼事情了？

——我心中抱著難以言喻的不安，繼續走完了接下來的人生。

就這樣，途中沒有發生什麼嚴重的作弊行為，『生涯遊戲』就很正常地結束了。

最後獲勝的，是勇敢挑戰『人生中最大的一場賭博』而獲得大量金錢的理子，以及她所屬的我的小隊了。

「萬歲～！萬歲～！理子是億萬富翁啦～！萬歲～～～～！」

唰！

看到理子又把鈔票灑到空中……

「妳又來了！這樣收拾起來很麻煩吧！」

多虧理子才填補了欠債的亞莉亞，卻完全沒有抱著感恩的心，用力抱住了理子……嗯？怎麼理子「嗚呀呀！」的慘叫聲，好像是從比較低的位置傳來的？

哦哦，她一定是被亞莉亞賞了一記頭部坐擊啦。

畢竟那是亞莉亞擅長的招式之一，我也經常會被她用這招攻擊啊。

格鬥技的大絕招在武偵高中是見怪不怪了（撇除雙方都只穿著內衣的狀況），因此我對攻擊時發出的「喀嚓！」聲響裝作沒聽到——

深深鬆了一口氣。

（脫裝桌遊……全部的遊戲……總算結束啦……）

賢者爆發模式、眼罩故障、亞莉亞的同花大順、白雪驚人的肉體、蕾姬的天和、貞德的……名稱我忘記了，就是會讓球消失的招式、理子與平賀同學的姬鐵技術、手下風魔。

——以及在我體內，賢者與愚者的戰爭。

雖然發生了各式各樣的事情，不過……脫裝桌遊這下全部結束了。

我總算可以活著回到安息之地——第三男生宿舍啦。

「妳、妳怎麼啦，風魔？好像在異常盜汗呀……」

「陽菜，妳流得滿身大汗的啦～」

「不、不……在、在、在下、沒事、是也……」

啊，糟啦。

現在可沒時間讓我感慨戰爭結束。

輸掉的風魔——接下來就要脫掉上衣了。可是她在底下什麼都沒穿啊。

我必須要趕快退場才行。就算我把眼罩底下的眼睛閉起來，但根據女生們直接看到風魔胸部時的反應……搞不好弗拉德又會出現在我的腦中了。

「好啦脫裝桌遊結束了最後是我獲勝我要回去啦。」

我立刻站起身子——轉身背對大家，快步走向門口。

「咦～欽欽～一結束就馬上回家，是討人厭的男性的典型喔～？你就留下來看忍忍把最後一件衣服脫掉嘛～就算隔著那副『透光眼罩』，你至少可以看到脫衣服的動作吧？留下來看會比較賺喔？」

立刻復活的理子，在我背後如此說著。

「要是讓我看到，會賺太多啦！既然大會優勝已經決定出來了，我就沒有理由繼續

留在這裡啦。我要回去了！喂，風魔，妳也不要在那邊穿著兜襠冒冷汗，快點向大家承認吧。或許大家會饒過妳也不一定啊。」

就在我睜開眼睛，把手放到門把上的時候……

「——給我等一下，金次。」

亞莉亞大人忽然把我叫住了。

「我就覺得……有點奇怪呀……從打撞球的時候開始……！」

總覺得她的聲音，好、好像因為生氣，在發抖啊。

「你剛才說了『兜襠』對吧？那是指風魔身上穿的那條，日本的內褲。而你……明明戴著『透光眼罩』，為什麼、可以、看、得、到、呢？」

「……！」

我握住門把的手指，開始顫抖起來了。

「那、那是、因為……」

冷、冷靜下來啊，金次。距離生還只差一步，只剩一扇門而已啦。

怎麼可以在這種時候被擊敗啊……！

「——什麼！也就是說，理子的條紋內褲也被欽欽看光光了？欽欽這個色狼！色狼大色狼！」

聽到理子大聲尖叫，我忍不住感到火大而反駁了一句——

「吵死了！而且妳的內褲根本沒有條紋吧！妳穿的是……」

——說到一半……我才發現了。

那是理子在套我的話啊。

故意說謊，引誘我吐槽——

「所以我說，你為什麼會知道女生們內褲的形狀跟花紋啦！金次！」

「咦！咦！小、小金……？」

「你果然可以看到呢，嘻嘻嘻……」

「……」

「遠山……你、你這個人真的是……！」

「你什麼時候把電源關掉的啦！」

「師、師父？」

……這下……完全被抓包啦……！

「說——說到底，是平賀同學做的這副眼罩不好啊！它故障了啦！」

我抱著豁出去的心情，把眼罩摘下來，摔到地上。

「你竟然怪罪文文的啦！嗚哇哇哇～！」

「——金次，你這個人！竟然把錯怪到別人頭上，太差勁了！」
「哦哦，文文乖、文文乖，理子的胸部給妳靠喔～」
連、連怪罪到平賀同學身上都不行了……！
喀！喀嚓喀嚓！唰！
因為爆發模式上的理由而無法回頭的我……耳朵聽到 Government 啦、德拉古諾夫啦、聖劍杜蘭朵等等，已經做好處刑的準備了。
該死——不過妳們……看清楚現在的狀況吧。
我的手已經放在門把上了。從這裡，我一定可以逃得掉。
作戰就是這樣：我只要靠某種威嚇轉移大家的注意力，接著利用輕微爆發下的運動神經奪門而出，在女生們還在穿衣服的時候，逃出女生宿舍。
接著就是拚命逃跑了。就看我一路逃到沖之鳥島（註4）去。畢竟我唯一擅長的招式就是逃跑啊。
——我贏了。
沒錯，我的實力可是淩駕在妳們之上。
因為在這場脫裝桌遊中——

註4　日本最南端的無人小島。

（——優勝者就是『**最優秀的武偵**』啊！）

於是，就在我準備「哇——！」地大叫一聲，並且打開門的時候——

……叮咚……

門鈴忽然響了。

「「「「「——！」」」」」

包括我在內，所有人都瞬間臉色發青。

「喂！峰理子！又是妳呀！咱們可是接到通報，說聽到爆炸聲啊！」

「妳是不是又在幹什麼違法勾當啦！」

這……這聲音是……！

蘭豹老師＆綴老師！

她們說爆炸聲——

（是指那個嗎……！在打撞球時，平賀同學使用的『噴射撞球桿』……！）

那是利用火藥當驅動力，會發出驚人聲響的道具。

想必是因為那聽起來不像普通的槍聲，所以住在附近房間的學生們就向教務科通報了吧？她們應該是以為平常做盡壞事的理子，這次又搞出什麼花樣了。

——碰磅！

從玄關傳來了門板被踹破的聲音。

入、入侵進來啦！教務科的牛鬼蛇神！

雖然從我背後傳來女生們「喀啦喀啦喀啦！」地不知道在做什麼事的聲音，但我根本沒辦法把頭轉回去。束手無策了。

「老師！快救救我們！遠山同學他！想要對我們做很過分的事情呀！」

理子！

「金次！你給我記住！」

亞莉亞！總覺得她的聲音好像是從天花板的方向傳來的？

緊接著——碰磅！

跟著同樣被蘭豹踹開的門板，我全身被撞飛……「碰！」地用力撞在牆壁上。同時，我的身體宛如洗衣機一樣旋轉了好幾圈——把亞莉亞丟在地上的過膝襪、白雪的上衣、理子的裙子等等，都勾到身體上來了。

「老、老師……！這是那個、並不是什麼違法的事情——呃、或許算是有點違法，但事情是有原因的啊……！」

全身趴在地上的我，抬起頭來。結果貞德原本套在內衣外面的塑形胸罩就像貓耳一樣掉在我的頭上。

「遠、遠、遠、遠山……！哦……看來事情已經做完了啊……」

蘭豹憤怒得渾身發抖著。

而上半身赤裸的我，則是五體投地地跪在地上，抬頭看著她。

「沒、沒錯，七次都已經做完了。不、不過，這只是在玩遊戲而已……」

「一、二、三……哦哦～有七件呢。一次上七個人，還真是了不起呀，遠山。」

綴老師數著房間內的裙子數量，接著「喀！」一聲扳起黑色葛拉克手槍的滑套。

然後，「呼——」地吐了一口她自製的菸。

「——這下完・全・是女性的公敵啦。這傢伙剛才竟然說『只是在玩遊戲』啊。」

「說得也是。不過能夠一次上七個人，實在了不起呀。精力這麼充沛的年輕男孩子，要不要乾脆在殺掉之前，拿來當我們養的狗呀？」

「白痴！要立刻槍殺啦！」

唰！蘭豹用發抖的手，拔出世界最大級的巨大手槍・M500啦。

不、不知道為什麼——在這兩個人的腦袋中，我的罪狀似乎被設定得遠比參加脫衣遊戲大會更嚴重了啊！

「請、請等一下啊！喂！妳們也來說明一下狀況吧！」

我在不得已之下轉頭看向周圍——

卻發現亞莉亞她們全部的人，都忽然消失了……而在天花板上，似乎是理子做的逃生門門板輕輕搖晃著。然後，它自動關上，發出了上鎖的聲音。

（我、我……）

在這次的脫裝桌遊中，成為了八個人之中最優秀的一名武偵。

可是，不管怎麼樣——都完全比不上武偵高中的鬼教師啊……！

如果我的輕微爆發可以變成完全爆發模式的話，或許另當別論——但是明明剛剛還在房間內到處走動的引爆劑們，現在全都不見了。

而且——我眼前的這兩名對手，都是年輕女性。即使在人格上原子分裂得比亞莉亞還要嚴重，但臉蛋還是算美女。要是我爆發了，搞不好會做出讓這對母金剛&吸毒女覺得「討厭啦，好帥喔」或是「討厭啦，好可愛喔」的行為，讓事態往更糟糕的方向發展。

與其要在爆發性的意義上應付兩名老師，選擇逃跑還比較好啊。

「……嗚……！」

我抱著被開槍的覺悟，抓起白雪的防彈上衣……用顫抖的雙手將它從頭上套下來。

雖然除了胸部以外，穿起來很緊。不過——很好！手臂穿過袖子了！

「——嗚喔喔喔喔喔喔！」

上半身水手服、下半身褲子，看起來就像海軍水手一樣的我，拔腿衝向窗邊——

「站住！不准逃，遠山！」

轟————！

蘭豹的M500發出宛如大砲的聲響。射出的子彈擊中我的背部，衝擊力道讓我順勢撞破玻璃——飛到屋外的半空中。

我接著抽出跟褲子一起留在身上的腰帶繩索，勾住下面一層的陽臺……

再下一層的陽臺上，正在澆花的女生看到穿著水手服的男人從天而降，大聲尖叫起來——而我則是切斷繩索，朝著下方的路樹再度跳下。

在落下的途中，我不禁想著。

我雖然在脫裝桌遊中獲勝了，但勝利也只是一瞬間的事情。

隨後，又會開始另一場意想不到的戰鬥遊戲。如此反覆。

所謂的人生也就是這樣了。因此，我現在必須先——

（今天逃過蘭豹她們，明天逃過亞莉亞她們——）

一直逃、一直逃、獲勝，並繼續守護才行！

——從這裡開始就不是守護衣服，而是自己的性命啊！

Gunshot For The Next!!!

後記

聖誕快樂！

今年又來到街上（的書店）了！我是赤松聖誕老人！

因為我寫書的速度相當固定，所以小說每年總是會在十二月的時候出版。不過我沒想到竟然連續五年都是這樣啊（笑）。

這次本書是跟漫畫版《緋彈的亞莉亞》第七集，以及《緋彈的亞莉亞ＡＡ》第五集同時出版。

請大家全部收齊，好好享受冬季的亞莉亞祭典吧！

另外，寫給從本集第一次接觸「緋彈的亞莉亞」系列的讀者們。

初次見面，我是赤松中學。

這套小說的主角遠山金次，擁有一種叫作「情緒爆發學者症候群」——通稱「爆發模式」的特殊體質。

那是「當性亢奮的時候，就會發揮出遠遠超越常人的智能、體力」的能力。而金次在這一集中使用的那個不可思議的力量，就是那個能力的衍伸系統。

包括亞莉亞在內，金次因為各式各樣的女孩子而進入爆發模式，不斷勇猛戰鬥——務必請大家也享受一下在本篇中帥氣的金次吧。

（Cast Off Table 中的主要登場人物，有半數左右都從小說第一集便登場了。）

好啦，關於這本 Cast Off Table 的後日談……

後來，金次為了逃到沖之鳥島，勇敢跳入了東京灣。

但是卻被蘭豹&綴駕駛的機關槍快艇到處追逐，最後在浦賀水道被抓到了。

在武偵高中兩名女教師極為嚴酷的體罰中好不容易生存下來，隔天又為了從亞莉亞她們的手中逃跑而再度跳入東京灣。但卻被平賀同學製造、嘴巴可以發射９ｍｍ子彈的天鵝船艦隊（亞莉亞一行人）追捕，又在浦賀水道落網了。

被排成一列歸航的天鵝船艦隊拖曳在水上的金次，心中似乎想著「下次把目標設在波照間島（註５）好了」而決定改變逃亡路線的樣子。哎呀，雖然到浦賀水道為止都是相同路徑啦。

如果下次又有機會出版短篇集，而最後一幕又是金次逃亡的話，我會在後記中向

註５　日本最南端的有人島嶼。

大家報告金次究竟逃到哪裡去的。如果他下次能夠平安穿越浦賀水道，就請大家在心中稱讚一下「金次成長了」吧。

二〇一二年十二月吉日　赤松中學

!!
恭喜!! Cast Off Table出版!!
ャストオフ
・
テーブル
発売!!

這次是內衣祭典呢！
請問各位讀得開心嗎？
像是凹陷的內褲啦、滑落的肩帶啦，
這次的插圖充滿了各種典型的性感畫面喔。

在彩圖的部分，
我也嘗試了跟過去有點不一樣的氣氛。

那麼，期待在下一集中與各位再相見！

徵稿

輕小說
BL 小說
徵稿中

尖端出版誠徵輕小說／BL 小說稿件。錯過了一年一度的浮文字新人獎嗎？現在也有常設性的徵稿活動囉！歡迎對寫作有熱情的朋友，一起來打造臺灣輕小說／BL 小說世界！

1. 投稿內容：

★以中文撰寫，符合尖端出版定義之原創長篇「輕小說／BL 小說」。
★題材、形式不拘，但不得有過當之血腥、色情、暴力等情節描寫。
★稿件需為已完成之作品，字數應介於 80,000 字至 130,000 字間（含全形標點符號，以 Microsoft Word「字數統計功能」之統計字元數（不含空白）為準）。
★投稿時請註明：真實姓名、筆名、聯絡方式（手機、地址）、職業。
★投稿時請提供：個人簡歷（作者介紹）、人物介紹、故事大綱及作品全文，以上皆請提供 WORD 檔。

2. 投稿資格：

BL 小說投稿需年滿 18 歲；輕小說無投稿資格限制。

3. 投稿信箱：

spp-7novels@mail2.spp.com.tw

★標題請註明：【投稿輕小說／BL 小說】作品名稱 by 作者名
★審稿期約為二～三個月，若通過審稿，編輯部將以 EMAIL 回覆並洽談合作事宜；未通過審稿者恕不另行通知。

4. 注意事項：

★投稿者需擁有作品之完整版權。
★不得有重製、改作、抄襲、仿冒或其他侵害他人權益之情事。
★請勿一稿多投。
★若有任何疑問，請直接 EMAIL 至投稿信箱，勿來電洽詢。

尖端出版

浮文字

緋彈的亞莉亞 Reloaded Cast off Table

（原名：緋弾のアリア リローデッド キャストオフ・テーブル）

作者／赤松中學　**封面插畫**／こぶいち　**譯者**／陳梵帆
發行人／黃鎮隆　**協理**／陳君平
總編輯／洪琇菁　**國際版權**／林孟璇
執行編輯／呂尚燁　**美術主編**／李政儀
企劃宣傳／邱小祐
出版／城邦文化事業股份有限公司 尖端出版
台北市中山區民生東路二段一四一號十樓
電話：（〇二）二五〇〇七六〇〇　傳真：（〇二）二五〇〇二六八三
E-mail：7novels@mail2.spp.com.tw
發行／英屬蓋曼群島商家庭傳媒股份有限公司城邦分公司
尖端出版 行銷業務部
台北市中山區民生東路二段一四一號十樓
電話：（〇二）二五〇〇－七六〇〇（代表號）
傳真：（〇二）二五〇〇－一九七九
讀者服務信箱：**sandy@spp.com.tw**
北部經銷／祥友圖書有限公司
電話：（〇二）八五一二－三八五一
傳真：（〇二）八五一二－四二五五
中部經銷／高見文化行銷股份有限公司
電話：〇八〇〇－〇五五－三六五
傳真：（〇二）二六六八－六二二〇
雲嘉經銷／智豐圖書股份有限公司　嘉義公司
電話：（〇五）二三三－三八五二
傳真：（〇五）二三三－三八六三
南部經銷／智豐圖書股份有限公司　高雄公司
電話：（〇七）三七三－〇〇七九
傳真：（〇七）三七三－〇〇八七
一代匯集／香港九龍旺角塘尾道六十四號龍駒企業大廈十樓B&D室
電話：（八五二）二七八三－八一〇二
傳真：（八五二）二七八二－一五二九
法律顧問／通律機構
台北市重慶南路二段五十九號十一樓
二〇一三年八月一版一刷

■中文版■

郵購注意事項：
1. 填妥劃撥單資料：帳號：50003021戶名：英屬蓋曼群島商家庭傳媒（股）公司城邦分公司。2. 通信欄內註明訂購書名與冊數。3. 劃撥金額低於500元，請加附掛號郵資50元。如劃撥日起 10～14日，仍未收到書時，請洽劃撥組。劃撥專線TEL：(03) 312-4212 ・ FAX：(03) 322-4621。E-mail：marketing@spp.com.tw

國家圖書館出版品預行編目資料

緋彈的亞莉亞Reloaded cast off table / 赤松中學 著；
陳梵帆 譯.--1版. --臺北市：尖端出版，2013.08
面 ； 公分.--(浮文字)
譯自:緋弾のアリア リローデッド キャストオフ・テーブル
ISBN 978-957-10-5281-6(全一冊：平裝)

861.57 102009080